SENTINELS

Un jurat format per Care Santos, Lluís Llort, Abel Cutillas,
Laia Fàbregas i Gabi Martínez va atorgar
el 43è Premi Joaquim Ruyra de literatura juvenil a aquesta obra,
durant la Nit de Santa Llúcia, el 16 de desembre de 2016.

Primera edició: març del 2017

Disseny de la coberta: Luis Tinoco
Maquetació: Endora Disseny

Edició: Helena Pons
Direcció editorial: Iolanda Batallé Prats

Casa Catedral ®
Josep Pla, 95 — 08019 Barcelona
www.lagalera.cat — lagalera@editorialgalera.com
facebook.com / lagalerayoung
twitter.com / lagalerayoung
Instagram.com / lagalerayoung

Imprès a Liberdúplex

Dipòsit legal: B-1.418-2017
Imprès a la UE
ISBN: 978-84-246-6068-0

SENTINELS

Martín Piñol

Premi Joaquim Ruyra
de Literatura Juvenil 2016

LLUNA ROJA

Per al Dani Mateo Patau,
incansable i genial sentinella de la comèdia

CAPÍTOL 1

—Necessito fer alguna cosa que valgui la pena.

El David Rey sempre repetia el mateix quan sortia de plató els divendres.

Travessava el passadís amb energia mentre encenia la cigarreta que sempre li tenia preparada l'ajudant de producció i empenyia la porta d'emergència com si la volgués estampar contra l'edifici de davant.

Calia deixar-lo tres minuts sol al terrat, mentre els sorolls de la ciutat l'enlluernaven com a un granger que trepitja la Gran Via per primer cop, fins que acabava de fumar i esclafava el cigarret com si volgués ensorrar l'edifici amb el peu.

El Toni Manso l'esperava a la porta, amb un suc de fruites acabat de fer per a l'estrella, i una llauna de Pepsi per a ell. Des que s'encarregaven del programa de les tardes, el Toni consumia una mitjana de dotze llaunes al dia. Ja que era dels pocs que no es drogava, com a mínim necessitava la xutada de sucre al cervell per mantenir-se al mateix nivell de revolucions que els col·laboradors que havien de domesticar.

—Totalment d'acord —li contestava sempre, mentre el David es fotia el suc d'una sola glopada. De fet, en les èpoques en què encara fumava més, el presentador era capaç de mantenir la cigarreta als llavis mentre bevia, cosa que no deixava de sorprendre el seu amic per molts cops que ho hagués vist.

Llavors tocava estar uns minuts en silenci, després criticar els col·laboradors, la merda de notícies que havien de cobrir i els estrípers inútils que el director de producció insistia a col·locar com a reporters fins que els tenia prou espremuts al seu dormitori i els fotia fora amb amenaces.

—I pensar que vam fotre quatre anys de Comunicació Audiovisual quan l'únic que necessitàvem era estar depilats i bronzejats —es queixava el Toni, que com a director era el que havia de compensar la falta de neurones d'aquests nenets fent que l'equip de drogoaddictes en maquillés les mancances.

—A tu el Barril no se't faria ni que anessis recobert de nata.

—Per això vaig treure matrícules i no em passava tot el dia al bar com tu, capullo. Algun dels dos havia d'estudiar.

—Va, marxem d'aquest cau de corrupció abans que ens tornem com ells —acabava sempre el David, i marxava de cap de setmana amb la típica aspirant a presentadora que l'hagués intentat entrevistar per un blog cutre o un treball de classe que el professor potser revisaria per damunt.

Però quatre mesos abans de la tragèdia que gairebé destruiria les seves vides, aquell divendres el presentador es va encendre una altra cigarreta.

—Què passa? —va preguntar el Toni, sabent que el seu amic mai deixaria el tabac, però que només fumava amb ànsia quan estava a punt de perdre els estreps.

—Tu creus que sóc un fracassat?

—Ja has tornat a mirar Twitter?

—Els meus seguidors volen parlar amb mi.

—Els teus seguidors són senyores que no tenen ni internet a casa, adolescents xonis i perruqueres amb pírcings que no saben escriure un tuit sense faltes. Vaig contractar la *community manager* perquè tu te'n poguessis oblidar, d'aquest tema.

—Però va un retardat d'aquests i em diu que no he fotut res de bo en 10 anys. Que per què no m'estampo un altre cop amb el cotxe i a veure si aquest cop em mato.

—Li has contestat?

—Tu creus que és normal dir-me això?

—David, li has contestat o no?

—Una coça als ous i tirar-lo daltabaix, hauria d'haver fet.

—David. Digue'm que no li has contestat —va dir seriosament el Toni, mentre des del seu mòbil buscava el *timeline* del Twitter del presentador.

—No et refies de mi?

—Jo sí. Però cada cop que et cabreges amb algun capullo d'aquests en surten més, vénen els articles estúpids a *Vertele*, els *hashtags* d'odi, les teves borratxeres... i a mi em toca arreglar-ho tot.

—No li he dit res. L'he bloquejat i punt. Encara que el podria haver denunciat a @policia. El que m'ha dit era una amenaça de mort.

—Segur que només és un adolescent ressentit que prou té amb sobreviure a l'institut.

—Nosaltres també ho érem i mai vam voler matar ningú.

—I tant que sí. No recordes aquella amenaça que vam enviar a

Cómics Fórum si no publicaven el *Born Again* del Frank Miller?

—Era una simple carta a l'editor. Ja hi estan acostumats. La seva feina ho té, això.

—I la teva, què? Només vols la pasta i els conyets i et saltes els bojos i les iaies pesades? Així qualsevol.

Els dos es van posar a riure i el David va tirar la cigarreta daltabaix, sense ni apagar-la.

—Saps que potser ara cau al damunt d'un bebè i li cremes un ull?

—L'he tirat amb efecte. Ha anat al terrat de baix, a comptabilitat.

—Ah, llavors que es fotin.

El Toni li va aguantar la porta perquè l'altre sortís cap al passadís.

Però el David seguia mirant els terrats de la ciutat.

—Com ens vam passar amb el pobre editor. Però és que *Daredevil* era la nostra vida. I el còmic en anglès no hi havia qui l'entengués.

—I el van publicar. Potser gràcies a nosaltres. Ningú no ho sabrà mai, però vam ser uns herois.

I llavors va començar tot.

La guspira que va esclatar dins del cervell del David i que acabaria destrossant mitja ciutat.

—Ho vam ser... Però... no t'agradaria tornar a ser-ho?

El Toni va fotre un bon glop de Pepsi.

De vegades se sentia com un pare principiant quan el seu fill li pregunta el perquè de tot.

I aquest cop li tocava dir «perquè ho dic jo».

—No, tio, no. No pots dimitir. No podem. T'ho vaig preguntar abans de demanar la hipoteca. Em sembla collonut que tinguis la crisi dels 40, però ni deixaré que em paguis tu el pis ni demanaré pasta als meus pares ni passaré de director de programa a redactoret de merda pel nou capullo que vingui a ocupar el teu lloc. Perquè saps que si marxes tu, a mi em boten. I d'aquí tres setmanes tindràs dubtes i voldràs tornar. No pots dimitir.

El David se'l va mirar amb la mirada que reservava per a les promos de la cadena.

Una mirada que per a la càmera quedava molt bé però en les distàncies curtes feia por.

—No vulguis predir sempre el futur, imbècil. No sempre ets el més llest de tot arreu. Jo no he parlat de dimitir.

—I què vols fer ara? Convertir el programa del cor més petardo en la bandera del periodisme d'investigació? Vols ser el nou Jordi Évole i que et donin premis?

—Vull que siguem herois. Tu i jo. Com abans, però amb els avantatges d'ara.

CAPÍTOL 2

Quan el David es posava tossut no hi havia manera d'aturar-lo. Per això s'havia quedat sol tants cops i si la tele no li hagués donat fama i fortuna segurament hauria acabat venent cotxes de segona mà, mig alcoholitzat i amb un parell de pensions per mantenir exdones.

El Toni mai s'enfrontava amb ell. Era com voler derrotar Hulk a cops de puny sense ser Thor. Havies de deixar que es desfogués o simplement deixar-lo cridar i anar-te'n a un altre lloc.

Normalment, amb la ressaca de l'endemà, quan les ajudants de producció l'havien d'anar a buscar pels *afters* quan no contestava al telèfon, ja hi havia prou gent amb càrrec que el renyava i el tornava a posar al seu lloc.

Però mentre esperaven a la sala de reunions de la setena planta, el Toni suava.

Suava molt.

El que en un altre hauria semblat suor creativa i transpiració esforçada, en ell eren marques rodones repulsives, que el feien semblar encara més patètic.

—Fem merda, ja ho sé, però com a mínim treballem cada dia i podem manar. Sisplau, no els posis de mal humor, que quan les coses van bé és millor no remenar-les —demanava el Toni.

—No estàs mai content. Tu voldries fer com l'Anna Guitart de classe i entrevistar escriptors americans que molen molt, oi? —El seu amic va somriure, pensant en la noia que l'havia enamorat des del primer dia que la va veure a la Pompeu i que va acabar sent una periodista cultural admirada per tothom—. Doncs fes-te fotre, perquè els llibres a la tele no han funcionat mai i a tu t'agrada massa la pasta per convertir-te en un matat del Canal33. Sempre t'he protegit i sempre hem treballat en èxits. No som uns venuts, som bons professionals que donem bon *share* i petem audímetres. Ens faran cas. Confia en mi.

—Ets un capullo. Jo perdré el pis i tornaré a viure amb els pares, però tu no superaràs tot això i acabaràs enganxat a l'heroïna.

—Sisplau, Toni. Actualitza't una mica. L'heroïna és per als ionquis dels anys 80. Ara es porten la coca i les pastilles.

—Tu mateix. No et vindré a veure a rehabilitació.

La porta els va alertar que arribava la companyia, perquè era d'aquelles que tothom intenta empènyer quan cal estirar i tothom acaba dissimulant que per poc se l'acaben incrustant a la cara.

Els directius sempre els rebien en tercet, com si cap d'ells pogués decidir per ell mateix o simplement els altres temessin que les decisions unilaterals apartarien les molles en forma d'encàrrecs que ells repartien als seus amics productors amb empresa.

Es van donar les mans com si fossin a una final de Copa del Rei i van seure tots, deixant mòbils i llibretes i bolígrafs damunt la taula, per demostrar que si no treballaven com a mínim transportaven material d'una habitació a l'altra.

—Estem molt contents amb els resultats de la setmana passada. Però espero que no vingueu a demanar-nos un augment ni que ens poseu en el compromís d'haver-vos-el de negar —va dir el Reverte, amb l'obligat discurs de director de cadena i mirant només al David—. Podem reunir-nos amb el teu agent i veure com et podem compensar però això de cara a la temporada vinent... hem de jugar a cop segur.

—No necessitem el meu agent —va dir l'estrella amb tota la seva seguretat d'estrella.

I en aquell mateix moment, el Toni va intuir que sí que el necessitaven.

El necessitaven més que mai, perquè el seu amic ho dinamitaria tot.

Posaria els directius contra la paret.

I aquella gent... tot el que no sabien de tele ho sabien de rancúnia i venjança.

—L'important és que esteu contents. I nosaltres també —va intervenir el Toni, buscant l'aprovació com un fill mitjà.

El David li va posar la mà a l'espatlla amb una força que hauria esquerdat l'iceberg que va carregar-se el *Titànic*.

—Si estem tots contents, serà tot més fàcil. Perquè encara podem estar més contents. Tenim una idea brillant.

—El programa ja està bé com està. No s'ha de tocar mai el que ja funciona —va alliçonar el Reverte amb la mateixa veu amb què donava conferències en esmorzars per a empresaris i parlava d'arriscar sense por i del poder de l'emprenedoria.

—Per això el Jordi Hurtado fa 20 anys que presenta el mateix concurs?

—El Jordi agrada a un *target*, tu, a un altre. No em fotis que ara vols fer concursos, collons —va intervenir el Serra, el cap de programes.

Veient-lo amb aquella cara rosada de camioner amb tres cerveses de més, una de les seves eternes camises de quadres del Carrefour i els seus estirabots de pagès, el Toni va tornar a pensar que si el Serra no hagués tingut carnet del PSC i molta barra per conquerir càrrecs estaria en una granja criant porcs o directament sent criat ell.

—Necessito fer alguna cosa que valgui la pena —va dir el David, com si fos un mantra que l'hagués d'ajudar a viure o, com a mínim, a fer la digestió sense cremor d'estómac.

—Vols presentar la Telemarató d'aquest any? Encara no sabem a quin cony de malaltia la dedicarem, però segur que farà molta pena i podràs ser molt solidari —va dir el Serra.

—No, això no. Vull dir ajudar de veritat.

—Doncs rebaixa't el sou i així no haurem d'escanyar tant els mercantils quan externalitzem programes. Així ajudaries molta gent —va sentenciar el directiu rupestre.

L'Olivares, el tercer cap, que tenia un càrrec híbrid entre director de ficció, coproduccions i productor executiu de qualsevol cosa amb crèdits que s'emetés per la cadena, els observava mentre escrivia compulsivament missatges amb el mòbil.

—I si deixem que ens ho expliqui i després ho valorem segons la graella, amb els pros i els contres? —va proposar. I a tothom l'obvietat li va semblar molt bé.

El Toni no sabia si odiar-lo o adorar-lo, perquè no aconseguia llegir-li l'ànima. Tot el que deia tenia sentit, però mai no sabies quan t'apunyalaria per l'esquena. Perquè semblava bona persona, i això, al món de la tele, era sempre la disfressa dels pitjors llops.

—David, presentem un dossier i millor que el teu repre en parli per tu —va insistir el Toni.

—Que ja som grandets, collons! Per què no diem les coses clares d'una vegada? Que està molt bé partir-nos el cul aquí o en restaurants cars, com si no passés res, parlant del nostre petit món d'audiències i productores, abandonant els autèntics professionals i regalant el *prime time* a gent que aprèn a fer coses com si en el millor moment de la ficció televisiva a nosaltres només ens importés veure imbècils cuinant, cantant i ballant o entrevistes a gentussa sense interès que es multiplica com les plagues… Tenim l'oportunitat d'ajudar molta gent en una època de crisi, de tornar-los l'esperança, i només sabem mirar-nos el melic i anar pel camí fàcil, el que ens dóna fama, fortuna i ens fa creure que som millors que la xusma amb qui tractem.

Els tres directius van mirar directament el Toni, com si fos el pare d'un nen insuportable que xiscla en un restaurant dels bons i li toqués a ell domesticar-lo.

—Vull convertir-me en superheroi. Per combatre el crim. Per perseguir les injustícies. Perquè la gent torni a sentir-se segura. Perquè la nostra feina serveixi per a alguna cosa.

—Vols deixar la tele per fer de Batman?

—Vull fer-ho amb vosaltres. Ho convertirem en un programa. Tindreu una gran audiència, i molts patrocinadors. A qui no li agradaria invertir en el Bé?

CAPÍTOL 3

Els tres executius es van mirar entre ells, van mirar el Toni, van mirar el David, i van mirar la gerra d'aigua, que s'acabava de quedar buida.

I no era el millor moment perquè cap secretària entrés a omplir-la.

—T'has fet d'alguna secta?

—Serra, sisplau —va dir el Reverte, com qui estira la cadena del seu pitbull que molesta els vianants però sense apartar-lo del tot d'ells ni posar-li morrió.

—A veure, si és una broma, riguem tots, collons. O només pot dir bestieses el nen bonic?

—David, és una proposta interessant, com tot el que se us acut —va intervenir l'Olivares amb la seva veu de guru relaxador—. Ho valorarem, d'això en pots estar segur. Ets de la casa, ets un gran professional i el teu bon gust el coneixem tots. Potser parlo només per mi, però caldrà valorar també que potser, i dic només potser, ara no és el moment... T'estàs refermant com el presentador més estimat de la casa. Et podem donar també un especial els divendres a la nit. O programes d'investigació, com la Milà, sobre els temes que tu creguis convenients. Sobre el crim, la misèria, els desnonaments... el que et vingui de gust. Però donar un cop de timó i abandonar el teu públic... em sembla un pas molt arriscat per a la teva carrera.

El David va allargar la mà cap al seu mòbil i el Toni va témer que seria capaç d'agafar-lo i marxar de la reunió. No seria el primer cop.

Però simplement va tocar la pantalla amb el dit per encendre l'aplicació del seu Twitter.

—Veieu aquest numeret d'aquí? 1,8 M. La M no són metres. Són milions de seguidors. I no compto ni Facebook ni Instagram ni Pinterest ni Youtube. I tampoc compto la gent que no sap com funciona res de tot això o els que tenen por que les xarxes els robin la seva intimitat. Perquè molts d'aquests també són fans meus. Per fer-ho rodó i mirant-ho des de la més profunda humilitat, posem-hi 2 milions de seguidors. Amb això puc fer un partit polític. O una secta. O un cop d'estat. Però teniu sort que només vulgui fer un programa.

—Em sembla molt bé. Els numerets van molt bé per a la teva autoestima —va replicar el Serra, encara que el Reverte negava amb el cap perquè no continués—. Però t'explicaré com funciona la tele aquí. Ni som HBO ni Netflix ni res de tot això que tant ens agrada a la gent creativa. Aquí paguen els anunciants. Sense anunciants no hi ha tele. I els «M'agrada» i els «Tuits favorits» no ens donen menjar. La meitat d'aquests seguidors ni miren el Twitter. Només el tenen perquè és gratis i estava de moda. Si els demanes que posin quartos, oh, ja veuràs com canvia la cosa. Els fotuts audímetres estan regulats. Te'ls creuràs o no, però són l'únic barem que interessa als anunciants. Si els anunciants no s'anuncien, els accionistes no guanyen. I quan un negoci no funciona, s'ha de tancar. Som una tele privada, no una ONG.

—Gràcies pel discurs. M'hauria anat molt bé a primer de carrera. Però jo sí que crec que una altra tele és possible i molta gent la defensaria.

—Ara em sortiràs amb els de sempre, oi? Que si el Pontón, el Sala-Patau i el Salvat... com si només ells fossin directius intel·ligents que sabessin de tele —es va queixar el Serra.

—Estem molt contents en aquesta cadena —va córrer a afegir el Toni.

—Segur que a ells tres els encantaria aquest projecte, però a diferència de molts executius, nosaltres no saltem de cadena en cadena —va dir el David mirant directament al directiu pagesot—. Som fidels. Com la gent de qui parlava, que ho hauries entès si hagués pogut acabar la frase. La gent que em segueix i que vol experiències noves, reflexions noves, emocions noves. La gent que no es conforma amb el que li donen. Aquesta gent.

El David els va ensenyar la pantalla del mòbil un altre cop.

Mentre el Serra parlava, ell havia escrit un tuit.

«Vull fer SENTINELS, un nou projecte que us encantarà. Potser haureu de pagar per veure'l. Qui s'hi apunta?»

En tres minuts l'havien compartit més de 300.000 persones i tenia milers de comentaris.

—D'aquí mitja hora feu captura de pantalla i envieu-ho al departament comercial, perquè ho moguin avui mateix. Dilluns a les tres em tindreu a plató com un professional per fer el vostre programa del cor, fins que acabem la temporada. Però a les 10 comencem les reunions del nou programa. Demà m'escriviu dient si les fem aquí o a la meva productora i amb uns altres executius. Que tingueu bon cap de setmana.

El David va fer aixecar el Toni amb la mirada i els dos van sortir de la sala sense donar temps per respondre.

Mig minut després, el Toni va tornar a obrir la porta:

—No, que el David s'ha deixat el mòbil. Ànims! —va dir atropelladament cagant-se en tot perquè el seu amic fos tan despistat.

CAPÍTOL 4

—Això ho acabarem pagant molt car —li va recriminar el Toni quan sortien de la sala de reunions.

El David no va dir res, però quan passaven pels lavabos de la planta dels despatxos, va obrir la porta d'una revolada i va empènyer el seu amic cap a dins.

—Què fots?

El presentador es va ajupir per mirar per sota les portes. Hi ha coses que no es poden dir amb testimonis, per molt que el testimoni estigui cagant.

—Vols callar un moment? —li va etzibar quan va comprovar que estaven sols.

El Toni va remugar i el David va somriure.

—No ho sents?

—Què he de sentir?

—Escolta, carai…

El Toni va anar fins a la finestra del lavabo. Potser des d'allà podrien escoltar les converses dels directius? Però no, la finestra només donava a una paret avorrida que no volia fer de confident.

—Què coi vols que sentim?

—El so de la victòria. L'emoció bategant del teu cor. Quant temps feia que no ens la jugàvem de debò?

—Seràs capullo. Jo ni em vaig discutir amb els de Movistar quan van trigar tres setmanes a instal·lar-me internet al pis nou. Si te la jugues tu pels dos sense consultar, el que sentiràs seran els meus udols de taquicàrdia mentre me'n vaig a l'altre barri.

—Diran que sí.

—I si diuen que no? Perquè el Serra no l'he vist gaire receptiu, eh.

—El Serra és un imbècil que només vol salvar el cul.

—És ben normal. Tu saps la misèria que cobren els pagesos per treballar de sol a sol? Mentre a ell no el fotin fora d'aquí, no haurà de tornar a l'hort.

Els dos es van posar a riure.

—Diran que sí.

—Però no els has deixat marge. No pots passar-te la vida barallant-te amb tothom.

—Si no vols passar-te la vida menjant merda, sí. Cal ser amos del nostre propi destí. Ja hem treballat molt per a ells, ara toca que ells treballin per a nosaltres.

—Però en un cap de setmana no poden reaccionar...

—Toni, et preocupes massa pels altres. Per això m'encanta tenir-te d'amic. Només algú com tu m'hauria aguantat tant de temps. Però estaria bé que aprenguessis a preocupar-te de nosaltres. Que ens quedem o no ara és el SEU problema. I si alguna cosa he après amb els anys és que quan interessa sempre hi ha temps i diners per a la gent que no volen que se'ls escapi.

—I si no? Si ens fem els durs ara i després hem de recular...

El David va consultar el seu Twitter. El seu missatge ja havia estat compartit més de mig milió de vegades.

—Si aquests no reaccionen, anirem a la competència. I si no, anirem a Youtube. Ja tenim edat per no aguantar cretins que ens diguin què hem de fer.

—I vols fer que els nostres ingressos els determinin milions d'adolescents analfabets que ens posaran a parir en la secció de comentaris dels vídeos? Espero que el Serra i tu no m'amargueu la vida, perquè abans de fer-me *youtuber* prefereixo treballar en un tanatori.

—Doncs ara que ho dius... el videoblog d'un enterramorts tindria audiència segur.

CAPÍTOL 5

Els directius van dir que sí, però va caler pressionar una mica.

El divendres a la tarda, el David va fer una ronda de trucades a gent que tenia blogs sobre televisió. Els periodistes de debò el menyspreaven perquè no deixava de ser l'enèsim presentador de moda de programes del cor, i ja se sap que d'aquesta gent només se n'ha d'escriure si és per criticar-los.

En algun lliurament de premis amb més copes de les que tocaven o algun article feridor recent, el David els havia recriminat la seva amargor de velles mòmies mortes de gana. Tot i que ell, com a llicenciat en Comunicació Audiovisual, hauria agraït treballar en la redacció d'algun diari uns quants anys, per ser com els periodistes d'abans, els de casta.

En canvi, la gent amb blogs l'adorava. Cap actor o presentador de més de quaranta anys se'ls havia pres seriosament quan començaven, mentre que el David sempre s'havia animat a concedir-los entrevistes de merda que no tenien cap sentit. I de cop, quan aquells nanos a qui ningú feia cas havien acabat tenint blogs de referència que consultaven tots els professionals del sector, ell sempre era ben rebut. Quan calia silenciar algun escàndol, perquè amb tothom amb càmeres als mòbils i la seva etapa de festa perpètua per Madrid n'hi havia hagut uns quants, els bloguers l'ajudaven o l'avisaven amb temps.

I quan ell necessitava negociar millores salarials o nous contractes, sempre ajudava filtrar rumors sobre la competència tirant-li la canya.

Després d'un dissabte mogut en què molts mitjans van trucar personalment al director de la cadena per saber si era veritat que pensaven descartar el seu programa estrella del cor i el seu presentador, el Reverte va trucar al Serra i l'Olivares.

Diumenge al matí el David ja s'ho havia fet venir bé per presentar una cursa solidària a Girona, cosa que impedia fer un dinar d'urgència en el típic reservat de restaurant barceloní amb estrella Michelin.

El Serra va aparcar el seu 4x4 al costat de les unitats mòbils de la tele local que cobria l'esdeveniment i de diversos tècnics amb cara de fàstic per treballar en diumenge, just quan el David lliurava els trofeus de la cursa. El presentador el va veure sortir del cotxe suat i emprenyat, i va llançar-se a la munió d'autoritats i patrocinadors per saludar i fer-se fotos, sabent que així faria esperar més a l'altre.

Quan per fi el directiu el va poder agafar pel braç, ell va dissimular amb el somriure que feia servir quan entrevistava suposats fills il·legítims de toreros:

—Carai, Serra, no sabia que fossis un *runner* —va exclamar el presentador, mofant-se—. Venir fins a Girona per una cursa ja són ganes de fer esport.

—Va, marxem, que no vull trobar-me l'embús de tornada del cap de setmana.

—No has vingut en helicòpter? Ah, no, que avui em diràs que no teniu pressupost, oi?

—Va, treu-te aquests pesats del damunt i marxem. El que hem de parlar tu i jo d'home a home no ho ha de sentir cap brètol més, que després els putos blogs s'omplen de merda.

—No puc. He de dinar amb aquesta gent i ja m'he compromès a unes quantes entrevistes de *podcast* de personatges d'aquí.

—Prefereixes parlar amb uns matats que arreglar les coses amb mi?

—Aquests dels *podcast* són el futur. Són tot el que els *youtubers* no seran mai. I cal donar un cop de mà per motivar la gent. A mi em van donar oportunitats quan més les necessitava i ara em toca fer el mateix. Per equilibrar el karma.

—Quins collons que tens, nano. Si despenjo el telèfon i ens donen taula a…

—Serra —el va tallar el David—, no vull vida social. Només necessito un sí o un no. La resta ja ho trobarem. Saps que mai m'he mogut per diners.

—Collons que no.

—Pels diners ja es mou el meu repre. Jo el que necessito són reptes. Per no estancar-me. Perquè cada dia sigui una aventura.

—Per no acabar com jo, oi? Això és el que vols dir?

El David va riure amb sinceritat. De vegades, el pagesot dels pebrots el treia de polleguera, però també l'emocionava trobar un directiu políticament incorrecte, a qui pogués llegir i entendre a la primera, sense falsos somriures ni frases buides per apunyalar-te mentre fingia amistat eterna.

—Serra, de veritat que valoro que hagis vingut fins aquí per arreglar-ho. Ens acabarem entenent. Espero. Jo tornaré al vespre. Si vols quedar-te a dinar, segur que a l'alcalde li encantarà escoltar les teves batalletes.

—Prefereixo dinar sol en un bar de camioners. Fins demà, nano.

—Potser —va etzibar-li el David, per evitar que l'altre marxés victoriós. Un executiu intranquil sempre paga de més.

CAPÍTOL 6

—Això està ple de bojos —va queixar-se el Toni mirant per la finestra.

—Doncs així riurem més —li va contestar el David mentre feia una foto de la multitud i la pujava al seu Twitter.

Esperaven que el càsting de Barcelona tingués èxit, però per si les mosques, havien programat diverses convocatòries en més d'una ciutat. Tot i que veient les més de 2.000 persones que feien cua al polígon on tenia lloc la prova, els sentiments de triomf i mandra els van atacar alhora.

2.000 persones implicava haver de dir que no a 1.990. I no totes s'ho prendrien bé.

Però els directius havien insistit.

Acceptaven la idea, perquè no tenien més remei. Segurament el David era un imbècil egocèntric que els ensorraria, però gairebé tots els presentadors eren així. El que els preocupava era que tingués raó. Que hi hagués prou gent interessada a veure un grup de desconeguts convertint-se en herois. I que una altra cadena s'ho quedés.

Així que acceptaven la idea. Però per si la idea no funcionava, la reformularien com ho reformulaven tot, perquè s'adaptés al mantra dels directius que conserven la feina: s'ha de buscar el mateix però diferent.

I si hi havia una cosa que sempre funcionava era ensenyar gent fent el ridícul. Digue-li *talent show* o *reality* o docudrama. En el fons, era el de sempre: barrejar gent rara, sotmetre'ls a proves estúpides i a una quarantena acceptada, i esperar que la naturalesa humana esclatés.

Potser el programa s'ensorraria a la tercera setmana d'emissió, però d'un càsting multitudinari sempre en sortirien un parell de gales de presentació de criatures famolenques de fama que xutarien molt bé.

Només necessitaven uns bons càmeres que poguessin aguantar les ganes de riure i prou targetes de memòria per gravar 2.000 frikis.

—Baixem? —va preguntar el David.

—Tu no hi hauries de ser. Els posaràs nerviosos. Voldran fer-se fotos amb tu. I ara l'important és que siguin ells mateixos. Que brillin davant de càmera.

—Hi ha coses que la càmera no capta. Si haig de conviure amb aquesta gent, si m'haig de jugar la vida amb ells, vull saber com respiren, quina olor fan, com es mouen.

—Però espera que ens facin una selecció, capullo. Per si no te'n recordes, a les tres assagem el programa d'avui. El programa del cor pel qual encara ens paguen i que encara estem obligats contractualment a fer amb un somriure d'orella a orella.

—Dóna'm les teves ulleres —va demanar el David.

—Per què les vols?

—Me les dónes o no?

—Me les trencaràs?

—No estem al pati del col·le.

—Però me les trencaràs o no? Per què les vols? —va remugar el Toni.

—Em colaré entre ells. Vull passar desapercebut.

—Et creus el punyetero Clark Kent? La gent sap reconèixer un famós encara que porti ulleres.

—Penses que sóc estúpid? També em posaré una gorra.

—Només els terroristes que segresten avions o els famosos drogoaddictes porten gorra.

CAPÍTOL 7

La Diana tenia molta set, però si bevia l'aigua, segurament li entrarien ganes de pixar just quan li toqués. O potser abans, perquè amb la quantitat de gent que s'hi havia presentat, vés a saber quan li tocaria. I si marxava a pixar segur que no li guardarien el torn.

Ella no es refiava de ningú, per això mai ningú l'acabava decebent. Com els seus companys d'acadèmia. Havien quedat que vindrien tots. Que ho farien junts. Que esclar que no els agafarien, però seria una bona manera de riure junts. I de demostrar-se que fora de l'acadèmia també eren capaços d'enfrontar-se a qualsevol variable desconeguda.

Però només s'hi havia presentat ella. El grup de Whatsapp havia emmudit de cop, i alguns havien trigat més de mitja hora a contestar amb excuses barates els seus «on carai sou?».

Tots eren molt valents amb tres birres, però l'endemà s'arronsaven de seguida. Ella no, ella sempre acabava el que començava, encara que hagués de trigar anys i encara que el seny i la resta del món li diguessin que no podria o que simplement l'esforç no valia la pena.

Amb el mòbil va fer unes quantes fotos dels que tenia més a prop i les va enviar al xat comú. Hi havia des de porters de discoteca amb pinta d'expresidiaris a expresidiaris amb pinta de porters de discoteca, passant per una munió de nois i noies espectaculars lluint els seus *cosplays* amb una qualitat més virtuosa del que ella hauria esperat d'uns tarats així. Semblava com si en un mateix recinte firal algun boig hagués programat alhora un Saló del Còmic, un circ de segona regional i unes jornades esportives.

Ella estava acostumada a passar desapercebuda però allà devia ser l'única. Tothom s'exhibia i es feia fotos amb la resta. El seu germà s'hauria emocionat de veure-la allà. I per descomptat, hi haurien participat junts com a equip. No havia tornat mai a cap llibreria especialitzada ni a cap altre Saló des que ell no hi era. Potser per això estava aquí avui. Per representar-lo a ell.

—Hola, guapa, ets l'última? —va dir-li una veu que l'arrencava dels seus pensaments.

Quan es va girar, es va trobar el típic cregut amb gorra i ulleres de sol. Si aquell cretí li hagués tirat la canya pel carrer, li hauria dit de tot, però tractant-se d'un càsting, era evident que només podia ser un actoret amb ínfules.

—Quina hora t'ha tocat? —va contestar ella procurant ser seca en un 37%.

—Com?

—Que això no és com la cua de la peixateria. Ens donen una hora i un número dins d'aquella hora —va explicar-li la Diana amb aires de funcionari d'Hisenda que està fart de repetir-li a tothom que s'ha de demanar torn amb la màquina.

—Ah. I llavors per què estàs dreta fent cua?

—Per la mateixa raó que la gent fa cua dreta a les portes d'embarcament, encara que tinguin el seient reservat. Així em sembla que entraré abans. M'ajuda a no pensar.

—Jo he arribat ara, però preguntaré això del meu número. Hi ha molta penya, no?

La Diana li va contestar amb un somriure i va girar-se un altre cop per centrar-se en el manual de classe que intentava estudiar.

—Què faràs amb la pasta? —va interrompre-la l'home.

—Perdona?

—La pasta del premi. Si guanyes. Tens pinta de guanyadora, però jo també. No com aquests frikis d'aquí. Jo amb 10.000 euros faria moltes coses. Però taparé forats i tal. Com la gent que guanya la loteria. Quina pena, ser ric i només pagar deutes.

—Jo no he vingut pels diners.

—Ah, no? Ets rica o què?

—A mi em fa il·lusió l'altra part del premi. El còmic i la figura d'acció.

—Un nino? Et fots en un *reality* perquè facin un nino de tu?

—Una figura d'acció. I un còmic. És el somni de qualsevol amant dels superherois.

—Doncs jo prefereixo somiar els 10.000 euros.

—Em sembla perfecte. Molta sort! —va dir-li la Diana abans d'obrir un altre cop el seu llibre.

—I a més de la pasta —va continuar el de la gorra—, jo he vingut per conèixer el Rey. No l'Elvis, esclar. L'altre Rey. Bé, el Felip tampoc. El David Rey. El presentador.

La Diana li va ensenyar el manual que sostenia, no per fer-ne promoció sinó per veure si servia de creu contra el vampir xerraire.

Però ell anava a la seva.

—Sóc molt fan seu. No em perdo mai el seu programa.

La noia es va fixar per fi en el seu interlocutor. I va intuir que era dels pesats que no la deixarien tranquil·la.

Així que havia de contraatacar.

—Jo no veig programes d'aquests de merda. Algun cop, a casa la meva àvia, però de fons. I el Rey em posa molt nerviosa. És el gai amb menys carisma de tota la tele. Molt impostat.

—No és gai!

—Vols dir? Segur que és un gai reprimit. Perquè sempre fa bromes contra els gais. Que si al plató no li pot caure un boli a terra, que si al menjador de la tele no tenen setrilleres perquè els seus col·laboradors ja perden oli... Sempre bromes estúpides i homòfobes. Segur que el que desitja és que algun homenot el faci un home.

—Perdona, guapa, però estàs molt equivocada. Serà per ties que s'ha passat per la pedra!!

—I volies que jo en fos una més? Ni tan sols m'anaves a oferir arribar a la final del càsting? Sí que creus que sóc una tia fàcil, no?

—Perdona, però què estàs dient...?

—Ets el rei que passeja d'incògnit entre els súbdits abans de la gran batalla? O el que ve a pescar les conquestes de la setmana? —el va acorralar ella.

—Jo no...

—Si vols passar desapercebut en un recinte ple de cartells amb la teva cara, el proper cop posa't una barba blanca de Pare Noel. Destacaries menys.

—Només volia animar els participants...

—Doncs aquí en trobaràs molts. Així que no cal que et centris tant en mi, que jo necessito aprofitar el temps —va dir, ensenyant-li un altre cop el manual de l'acadèmia—. Al parcial m'entren 6 temes, i amb tu parlant no puc ni repassar dos paràgrafs.

—No cal que em tractis així, eh, que jo només...

—Noies, és el David Rey! Uau!! Daviiiiiiiiiidddd!!! —va començar a cridar la Diana, alertant els altres participants.

La multitud va envoltar ràpidament el presentador, demanant-li autògrafs i fotos.

I la noia va obrir un altre cop el seu manual i va posar-se a estudiar amb un somriure maliciós.

CAPÍTOL 8

—Digues el teu nom a càmera, després volem frontal i perfils, i en dos minuts ens expliques si tens experiència artística i per què t'has presentat al càsting —va recitar sense gaire entusiasme l'ajudant de càsting, pensant que el seu cap cobrava deu vegades més que ell i amb prou feines es miraria les gravacions per damunt, mentre que ell feia hores que havia d'anar a pixar i no podia abandonar la sala ni un moment.

—Per què en dos minuts? No en tinc ni per començar —es va queixar l'encaputxat a qui tocava el torn.

—Perquè sou molts.

—A mi no m'importen els altres. M'importen les meves condicions. Així no es pot treballar.

—És l'única manera. Si necessites una estona per preparar-te, pots tornar a la cua —va dir-li l'ajudant, seguint el protocol. No es podia ser mal educat amb aquella gent, però no se'ls podia donar opció de debat, o s'allargarien fins a la matinada.

—Després de les hores que m'heu fet esperar? Sense donar ni una trista aigua. És el pitjor càsting on he anat en molt de temps.

Eh, per què m'estàs gravant? No t'he donat permís per gravar-me —va protestar l'home guanyant-se l'antipatia de tot l'equip, que ja només pensava en els centenars de frikis que encara havien d'entrar.

—Escolta —el va tallar l'altre ajudant, el de producció, que mirava el rellotge calculant mentalment si tindria temps de recollir la nena a l'escola bressol—. Necessitem seguir amb la resta de la gent. Si pots fer el favor d'acompanyar-me...

—Acompanyar-te on? A posar una denúncia, t'acompanyaré! Ara a sobre no puc ni fer la prova? Quins collons teniu! Jo ja no hauria de fer proves, ho sabeu? Vinc perquè no vull privilegis, no vull aprofitar-me de la meva fama. Però no marxaré d'aquí fins que m'hàgiu assegurat que sóc dins. Sóc millor que tota aquesta xusma d'aquí fora. No vull passar-vos el currículum per la cara, però jo he estat a les millors companyies, no sóc un matat disfressat amb bosses d'escombraries com aquests d'aquí fora. Sóc un actor de veritat, que és el que necessiteu aquí. I digue-li al teu col·lega que em doni la targeta de memòria ara mateix. Si no us dono permís no em podeu gravar.

—Has signat el consentiment quan t'has apuntat a la cua. I ara, marxa tranquil i deixa passar el següent —va intervenir la productora sènior, que tenia el cul pelat de maltractar guionistes quan li demanaven dietes—. No vull cridar els de seguretat i que et fotin una pallissa, que estan cremats i busquen qualsevol excusa.

—La targeta de memòria. Ara! La meva imatge és meva! —va cridar l'encaputxat, acostant-se al càmera.

—Ei, què fots? —li va etzibar el tècnic—. No toquis la meva màqui...

L'encaputxat va tirar la càmera a terra d'una revolada.

El tècnic li va clavar un cop de puny i l'altre s'hi va tornar.

En sentir soroll a l'habitació, una ajudant de producció va obrir la porta, deixant veure l'escena a la resta de gent que feia cua pel càsting.

Un parell, potser herois vocacionals, es van colar a l'habitació per separar el càmera i l'aspirant embogit, que se'ls va treure del damunt a cops de colze.

Mentre les noies de l'equip s'apartaven espantades, l'Olivares va somriure. Sort que havia passat una estona pel càsting a supervisar. Potser els deliris del David de muntar-se un supergrup d'anormals els acabarien donant audiència de veritat.

L'executiu es va posar darrere de la segona càmera, abandonada pel tècnic que havia corregut a ajudar el seu col·lega, i va gravar tota l'escena.

I quan seguretat s'emportava el sonat pel passadís, els va seguir fins a la sortida de l'edifici.

—Això no quedarà així! Sabreu qui és Jonathan Medrano!! —va cridar l'encaputxat.

I tant que ho sabran, va pensar l'Olivares. Amb aquestes imatges promocionarien la primera gala.

De camí al seu despatx, va tornar abans a la sala del càsting per reorganitzar la situació. I per descomptat va ordenar a la productora que acomiadés el càmera. Sempre s'ha de seguir gravant, passi el que passi.

CAPÍTOL 9

Després d'una setmana de càstings per diverses ciutats tenien més de 100 candidats interessants triats pel departament i hores per fer 20 gales només amb les pífies i moments ridículs dels aspirants.

Però el Toni va insistir a revisar tot el material. Més de 7.000 participants.

—Quan ho penses fer? —li va preguntar el David, preocupat per la possible dispersió del seu amic, que era l'únic que controlava la seva pròpia dispersió natural—. Et recordo que segueixes sent el director del programot diari que tant et preocupava. I si tu no estàs fi, jo no estaré fi.

—Dormiré menys.

—Menys? Si ja fots una cara...

—No em refio del criteri de la cadena. Potser han deixat fora gent interessant.

—Tu sempre tens raó i la resta sempre ens equivoquem, no?

—Sempre no. Però gairebé sempre. Tu creus que la Ruiz té la nostra visió creativa? Si l'únic que sap és regatejar-nos pasta i demanar-se taxis a càrrec del programa.

—No em referia a les de producció. Aquesta gent no seria creativa ni que els hi anés la vida. Però s'ho ha mirat el departament de càsting.

—Que són els mateixos que sempre foten els mateixos a cada fotuda sèrie. Ni que el José Coronado els donés un percentatge de cada xec.

—Tu mateix... Mentre no em facis treballar a mi... A veure si pots trobar alguna joia. Però sobretot, busca'm ties bones.

—No et preocupis, que d'això ja se n'haurà assegurat el Serra.

El directiu també s'havia assegurat de tocar els nassos a cada reunió.

—No entenc per què s'ha de dir *Sentinels* i no *Sentinelles*. Que això és una fotuda cadena nacional i la gent aquí no parla anglès.

—Tu tampoc el parles i bé que t'apuntes a anar a tots els mercats internacionals, eh, col·lega —va dir el David en veu baixa, i el seu amic li va trepitjar el peu.

—Hem fet un estudi i el *target* principal al qual ens dirigim ha crescut amb un imaginari de cultura americana. A les sèries de més èxit no els han canviat pas el títol aquí. *Breaking Bad, Stranger Things, Daredevil*... —va argumentar el Toni.

—I *Sentinelles* sona a gangli de càncer —va rematar el presentador—. Quin anunciant voldrà associar la seva marca al càncer?

—«*Sentinels*. Un gran poder comporta un gran *share*» —va llegir el Reverte del dossier que li havien preparat amb un munt de dissenys d'uniformes i després va rebufar visiblement—. En fi... Mentre comporti un gran *share* i no us matin una colla de ionquis, i no ens deixeu tirats a les tardes amb l'altre programa...

CAPÍTOL 10

La primera gala va ser un èxit.

Però gairebé tots els primers programes ho són, si els fan a l'hora de sopar. Per molta *tablet* i molt Youtube que tinguin els joves, la majoria de gent mandrosa encara menja davant de la tele i es queda veient el primer canal que troba, sobretot si apareix gent en banyador o si surten inútils intentant aprendre alguna cosa.

Sentinels tenia les dues opcions.

Als participants que havien anant passant la tria de directius i creatius se'ls demanava una primera prova ben estúpida respecte a combatre per la justícia però molt vital per a l'audiència: desfilar en banyador amb un disseny primerenc de l'uniforme que acabarien portant els herois del programa, casualment patrocinat per una marca de roba interior molt potent que els pagaria la construcció de mig decorat.

—Gràcies per no marxar durant la publicitat —deia el David a càmera quan reprenien la connexió—. Perquè en aquest segon bloc de *Sentinels* buscarem un superpoder imprescindible per convertir-se en una icona dels còmics: quedar bé a les portades.

El públic de plató aplaudia amb ganes, perquè veurien carn i perquè, ja que els havien portat en autocar fins a la tele, com a mínim es desfogarien amb il·lusió.

Com si fos un concurs de Miss Univers *low cost*, 15 homes i 14 dones, incloent-hi una senyora de cinquanta amb tipet, van desfilar en banyador mostrant cossos perfectes, bronzejats i treballats durant anys de gimnàs.

La noia número 15, la Diana, va sortir tapada amb un abric llarg.

—Pel que veig, tenim una fan del cinema negre de tota la vida. Però si vols fer de detectiu privat, millor una gavardina que un abric. O és que insinues que aquí som tan rates que no posem calefacció?

La gent reia i aplaudia, fins i tot la resta de concursants, que esperaven drets i tibats, amb els mugrons marcats pel fred del plató, com si fossin Oscars de Hollywood esperant que comencés la cerimònia de lliurament.

Però en comptes d'acovardir-se, la noia es va acostar fins al David queixant-se amb gestos i frases que ningú sentia.

—Bonica, si vols que et sentin des de casa, necessitaràs un micròfon. Perquè aquí només portem micro els importants. No t'ho preguis malament, eh? —va bromejar.

D'una revolada la noia el va engrapar de la camisa. Mentre el presentador desconcertat pensava com reaccionar, la Diana li va arrencar dos botons mentre li estirava el cable del micro que ell duia col·locat i se l'acostava a la boca.

—No pateixis, que si necessito un micro ja me'l sé agafar jo soleta.

El David la va mirar als ulls i de seguida la va reconèixer.

—Merda, un altre cop tu, no.

Des de la sala de control el realitzador es va posar nerviós.

—Anem a publicitat?

—No, no —va dir el Toni—. Per un cop que algú el posa al seu lloc, deixem-ho.

Es va acostar al micro que comunicava amb el *pinganillo* de l'orella del David i li va dir:

—És una noia, ni se t'acudeixi fer-la fora o tindrem un munt de demandes.

El presentador va mirar a càmera amb un odi concentrat sense conservants ni colorants. I llavors es va treure el *pinga* i el va llançar lluny. Per rebre ordres de merda, preferia no sentir-les.

—Què fot? Que el trasto aquest val una pasta —es va queixar el de so.

—No perdis la noia —va dir l'Olivares al realitzador, que immediatament va tornar a punxar plans on es veiés la noia amb el David.

—En ple segle XXI trobo denigrant que una cadena de tele ens tracti com a simple mercaderia, com qui ensenya el gènere a la peixateria. —I dirigint-se a les seves companyes de càsting, la Diana els va cridar—: És que no teniu dignitat? És que esteu tan desesperades per la fama que no us fa res seguir sent simples objectes sexuals? La dignitat comença per un mateix!

—Perdona, maca, però aquí ensenyen carn tios i ties. És la tele, és espectacle! No em surtis amb complots sexistes.

—David, no et fotis en aquest jardí —li cridava el Toni al micro.

—Que no porta el *pinga*! —es queixava el realitzador, que havia de suportar els crits al costat de la seva orella.

—Aviseu el regidor perquè li escrigui un cartell! No vull haver de suportar una guerra de sexes i comentaris de merda a internet.

—Tota polèmica és publicitat —va tallar l'Olivares—. I pel bé de tots, necessitem que es parli d'aquest programa. Ja farem que el David demani perdó en alguna exclusiva i encara ens guanyarem les feminazis.

Les dues noies del control el van mirar amb recança, però l'Olivares necessitava números, no sentiments.

I la veritat és que al David no li calia cap directiu per fotre més la pota en un tema sensible:

—Si vols fer demagògia, fem-la, però fem-la bé —continuava el presentador ben amorrat a la noia que li tenia robat el micro—. Jo a aquestes noies no les veig pas tristes. Han vingut voluntàriament al programa i més bones no poden estar! I si tu tens complexos, no els ho facis pagar a elles… o als nostres espectadors.

—Fins i tot els imbècils que feien *bullying* al meu institut eren més creatius que tu, presentador. El dia que els herois s'hagin de regir pel físic més que per la valentia i el sentit de la justícia, espero que tu no els necessitis pas. Perquè potser en comptes d'herois et trobes un munt de covards ineptes incapaços d'ajudar ningú.

El públic va començar a aplaudir la noia, davant l'astorament del David. Esclar que als programes del cor també aplaudien qualsevol amant de torero o drogoaddicte cridaner que fes un bon xou. Des de la Grècia clàssica, la bona oratòria i els aplaudiments no anaven junts necessàriament.

—No sé què aplaudiu —va escridassar la Diana al públic—. Aquest programa és una vergonya i vosaltres l'esteu fomentant com titelles. Els herois ja existeixen. Ja ens protegeixen i ja es juguen la vida per nosaltres, sense saber mai si tornaran a casa. Són policies, bombers, sanitaris… Ells són els que mereixen els vostres aplaudiments i el vostre agraïment.

I dit això, la Diana va llençar el micro com la pell d'un calçot que no li vingués de gust menjar i va caminar amb decisió fora del plató.

El David dubtava si perseguir-la, però al final tenir l'última paraula va poder més:

—Ja ho veieu, amics. Quan es barreja la medicació amb l'alcohol, els resultats són incontrolables. En nits de lluna plena o quan tingueu molta regla, és millor que us quedeu a casa.

El públic va riure i la Diana es va aturar enmig del plató.

Aquella gent no entendria mai res.

Només volien xou.

Així que va tornar davant del David, es va obrir l'abric davant d'ell, tapant la càmera, i va cridar:

—I per cert, jo no estic operada com totes aquestes!

CAPÍTOL 11

El David va demanar pas a publicitat i va córrer cap al passadís abans que la noia se li escapés.

Allà, una auxiliar de producció es discutia amb ella mentre movia uns papers i un bolígraf com si l'hagués posseït un huracà.

—No et penso signar res! Dóna-me'n una còpia i s'ho mirarà un amic advocat —li va cridar la Diana.

—Tu qui cony et penses que ets per venir-me a sabotejar el programa? —va cridar el David amb el triple de ràbia, provocant que l'auxiliar desaparegués al moment.

—Sabotejar? Dir les veritats és sabotejar?

—Això és un concurs, noia, no un seminari de feminisme!

—Realment tu et planteges el que dius i el que fas? El missatge que transmets per la tele? Els nous referents sexistes que estàs creant, per a una nova generació d'adolescents que té la tele com a líder espiritual de la seva vida? Saps la de traumes i anorèxies que pot provocar un concurs així?

—Esclar. I l'Holocaust jueu també serà culpa nostra, oi? Tu t'has sentit?

—I t'has sentit tu? Em vaig apuntar al càsting quan vaig veure el teu vídeo. «Necessitem herois. Perquè el món se'n va a la merda i no ens podem quedar de braços plegats.» Et sona aquesta frase? O la van pensar els de màrqueting?

—Tot el que dic ho escric amb el Toni i... A tu què t'importa? No t'haig de donar cap explicació.

—Al vídeo semblaves sincer. Semblava que volies canviar les coses. I ara només sembla que siguis un presentador de merda d'un programa de merda. «L'únic que necessita el mal per triomfar és que els homes bons no facin res.» Et sona aquesta frase?

El David es va quedar parat uns segons. No recordava haver-la dit, però li sonava. Potser en alguna entrevista de blogs o...

—És d'Edmund Burke, del segle XVIII. Sempre la citen en novel·les i pel·lis, però segueix sent vàlida. Pensa-hi, perquè potser en el fons no ets un cretí superficial.

El presentador seguia callat.

Feia massa anys que ningú no li portava la contrària cara a cara. Barallar-se amb polítics i tertulians per Twitter o de plató en plató era una altra cosa, part del circ.

Discutir-se en persona el va fer tornar de cop a l'institut, a les corredisses pel pati quan el perseguien, a tancar-se al vàter perquè no li fotessin una pallissa.

El va fer tornar al temps de la por.

Quan se sentia petit i fràgil.

I es va prometre que mai hi tornaria.

—Què collons fas? —el va escridassar el Serra des de l'altra punta del passadís—. Et donem el teu fotut programa i ara l'abandones en directe?

El David va tancar els ulls i va agafar aire. El record dels cops a la porta del vàter i els goril·les de l'institut que li robaven les vambes i les hi llançaven per la finestra perquè hagués de tornar a casa descalç va desaparèixer.

La feminista irritant també.

Allà només quedava l'estrella mediàtica capaç d'enfrontar-se a sis hores seguides de directe, si calia.

—Volia tirar-me un pet i no ho podia fer en pantalla —va mentir amb parsimònia—. Em deixes tornar al plató o vols que trigui més?

CAPÍTOL 12

El Toni l'esperava a la porta de plató, tot suat.

—El proper cop que fotis l'estampida, avisa per on aniràs. Que m'has tingut corrent pels passadissos com un Flash *low cost*.

—Per un amic que no era *runner* i ara també te'n faràs...

El presentador es va mirar la camisa amb els botons trencats.

—Me la canvio?

—Anem tard.

—Però si sempre foten com a mínim 7 minuts d'anuncis!

—Quanta estona creus que t'has barallat amb l'activista aquella? —li va preguntar el Toni.

—No ho sé, però se m'ha fet llarguíssima.

—Estàs bé?

—Per què no hauria d'estar-ho?

—No caldrà que la tornis a veure. Les de producció ja l'empaqueten cap a casa i els de la setena planta li fotran una bona demanda.

—Millor que no. Si hem de treballar amb ella no vull aguantar-la de mala llet.

El Toni va somriure ben feliç.

—No sabia com dir-t'ho. A mi m'ha encantat.

—Necessito algú que em doni canya. Algú amb passió i idees pures.

—I que estigui bona, no?

—En banyador me les faria totes. Fins i tot la tia gran que deu rondar els cinquanta, que no sé com l'heu deixat passar a la final.

—Estàs malalt, David.

—Envejós. Que la pesada aquesta es quedi, eh. I si resulta insuportable, ja la farem fora i així surt abans a l'*Interviú*.

—De debò, estàs malalt.

—Ho sé. Però si surt, segur que et compres la revista.

—Potser —va admetre el Toni amb un mig somriure—. Però només per veure què diran del programa.

CAPÍTOL 13

Per descomptat que la Diana va ser una de les concursants seleccionades. Tenia caràcter, tenia discurs, i estava bona.

Durant tres setmanes la gent escollida pel càsting van anar superant proves fins a quedar només 10 participants.

DIANA COSTA

Futura policia, encara estava a l'acadèmia, després de deixar dues carreres a la meitat —Humanitats i Periodisme. Filla de dentistes, no volia una vida rutinària. Volia ajudar la gent i havia passat per diversos moviments socials, parroquials i ONG sense acabar de trobar el seu lloc al món. De *Sentinels* esperava una instrucció complementària a la de l'acadèmia i motivar-se encara més.

JORDI JO LEE

Els seus pares eren coreans i tenien un restaurant i una escola d'arts marcials, així que la infantesa i adolescència del Jordi Jo Lee no podia ser més tòpica. Al col·le sempre hi havia algú que li deia Bruce Lee i ell, en comptes de trencar-li la cara, somreia agraït i feia una exhibició de destresa imitant el seu ídol. Volia estudiar interpretació i fer-se un nom com a actor de pel·lícules d'acció, però esclar, a Espanya això és com voler ser premi Nobel: algú hi arriba però no hi ha mercat.

Va acabar fent d'especialista d'escenes perilloses en sèries que només duraven una temporada i li donaven algun paper amb frase, perquè «un xino que parla normal» sempre és curiós. Però vocalitzava poc i a més tenia veu de pito, així que els directors de càsting no es barallaven per ell.

Quan els negocis familiars van començar a enfonsar-se per la crisi, com a bon fill únic va renunciar als somnis i hi va treballar gratis com a cambrer i professor, respectivament, fent jornades esgotadores.

En *Sentinels* va veure l'oportunitat de poder reduir els deutes dels pares i guanyar fama per protagonitzar la seva pròpia pel·li.

MIKE ROCA

Boxejador tatuat, dels que queden bé a les fotos i pòsters. Tenia pinta d'expresidiari perquè ho era. Els seus canvis d'humor cada cop els controlava millor, pels tres anys que havia passat tancat. Va destrossar el grup de nois borratxos que van abusar de la seva germana i se'n recorda cada dia perquè ho tornaria a fer.

Al seu barri era un heroi i família i amics el van visitar sense parar. Ara malvivia com a repartidor a domicili de les comandes del Carrefour. Esperava que *Sentinels* li donés prou diners per poder deixar la feina.

DEMOLIDOR

Aquest ja entrava al concurs amb el personatge fet. Pel formulari del càsting se sabia que es deia Santi però va prohibir que es fes públic, perquè ell participava com a Demolidor, el lluitador justicier.

No es treia la màscara quan hi havia càmeres davant... i de vegades fins i tot se la deixava quan estava sol. De fet, havia interioritzat tant el personatge que no se sabia on acabava la disfressa i on començava la persona.

Crescut a l'ombra del videoclub dels seus pares, va veure tot el cine dels 80 i 90 abans de l'edat aconsellada. I cap dissabte es perdia el *Pressing Catch*. Tenia tots els combats de l'Últim Guerrer gravats en VHS i els mirava sovint, encara que en recordés de memòria tots els moviments.

Amb 20 anys es va apuntar a un gimnàs per perdre pes i allà va néixer Demolidor, pel concurs de disfresses de Halloween. Feia una dècada que participava en espectacles de lluita lliure amateur, i amb un curs de costura que va fer, es va dedicar també a dissenyar i cosir ell mateix el vestuari de tothom. Amb *Sentinels* volia animar els nens amb traumes perquè trobessin en l'esport amistat, confiança i superació.

SERGIO MORALES

Es va apuntar a l'exèrcit perquè no volia estudiar i perquè s'imaginava que les noies li anirien al darrere quan el veiessin d'uniforme. Va participar en diverses desfilades i missions humanitàries, però no havia entrat mai en combat. S'avorria i fumava massa porros. Una nit de massa alcohol i massa porros va veure l'anunci del càsting i es va imaginar lluitant de debò com somiava de petit.

De *Sentinels* esperava aventura. I pasta. I ties, moltes ties.

ROSAURA YÁKER

Era la veterana del grup. De fet, la van triar per qüestions demogràfiques i de *target*. La gent gran és la que més mira la tele i de vegades veuen massa llunyans els conflictes de nenets de 20 i 30.

La Rosaura era argentina, però feia dues dècades que vivia a Barcelona. Al metro tothom la coneixia i alguns programes locals li van donar una celebritat curta però prou necessària.

Un dia li van robar el moneder d'una estrebada en un vagó, i des de llavors, en les seves estones lliures, patrullava per diverses estacions amb el seu xiulet, avisant dels carteristes.

Pensava que no duraria gens a *Sentinels* però esperava que les seves intervencions l'ajudessin a trobar més complicitat en la lluita contra els lladres que sempre queden impunes.

GUILLEM LORENTE

Era el somni de qualsevol noia. Simpàtic, guapot, musculat i valent. I bomber, dels que treuen la gent en braços i tothom aplaudeix.

Per desgràcia per a les noies, li agradaven els homes. I per sort per a ell, agradava molt als homes.

No esperava res de *Sentinels* perquè la seva vida ja era perfecta. Però després de voltar per mig món, havia decidit provar unes vacances a la tele.

JESSICA BRONDO

A ella li agradava presentar-se com «Jessica, igual que Jessica Drew àlies Spiderwoman, i Jessica Jones», perquè sabia que tenia nom de xoni. Els directius hi posaven moltes esperances perquè portaria molta audiència adolescent... i trentanyera... i de qualsevol edat, mentre fossin heterosexuals.

Era *cosplayer*, o sigui, que es disfressava de personatges de còmic i es feia fotos i les venia per internet o li pagaven per anar a festes i salons del còmic o presentacions en llibreries.

De petita portava ulleres, era grosseta i tímida. Ara tots els que van passar d'ella a classe donarien el que fos per tenir-la de xicota o com a mínim passar un cap de setmana junts.

Però el seu cor era pur, heroicament parlant. Si es disfressava de superheroïna era perquè de petita aspirava a ser una superdona que no tingués por de res. I esperava que *Sentinels* l'ajudés a sentir-se completa.

MOUSSA

No tenia ni idea del càsting però el Serra el va veure mentre passejava el gos i va decidir que el nano havia de sortir al concurs perquè la càmera l'adoraria.

D'origen senegalès i adoptat per pares catalans de poble, va abandonar els estudis per intentar triomfar com a gimnasta. Veient els sacrificis que això implicava, ho va acabar deixant i es va dedicar a mostrar el seu talent com a acròbata en llocs emblemàtics, com l'Arc de Triomf o la plaça Catalunya. Capaç de proeses gimnàstiques que enlluernaven multituds, quan passava el barret acabava recollint més de 300 euros, dels quals Hisenda no sabria mai res.

Esperava que *Sentinels* el fes famós com un nou Will Smith i esborrés les cares de por i desconfiança amb què es trobava cada dia quan no estava fent el seu xou.

DAVID REY

Durant la gala final, després de presentar tots els finalistes, el

David va seure amb ells i es va presentar com el desè sentinel. Conviuria com un més, i només sortiria del plató convertit en quarter general on els gravarien per presentar el seu programa diari del cor.

Els altres se li van queixar per aquests privilegis, però ell no pensava abandonar la seva fidel audiència, encara que no tingués ni temps per dormir.

De *Sentinels* esperava tornar-se a sentir viu. I que les cadenes rivals el veiessin com un possible actor de sèries i pel·lícules d'acció, no com el presentador no-gai i tot terreny per a gent gran.

CAPÍTOL 14

La primera nit que van arribar al plató-caserna els van reunir a tots al menjador comunitari per explicar-los les normes del programa.

El Toni, com a director i veu en off anònima, els va parlar a través dels altaveus de la sala mentre ells miraven a les càmeres asseguts al sofà.

—Benvolguts i benvolgudes, a partir d'ara ja no sou ni participants ni concursants ni candidats. Ara ja sou Sentinels i les normes que sentireu a continuació serviran per organitzar els nostres esforços i missions.

—Si el presentador està aquí amb nosaltres, tu qui ets? —va preguntar el Morales.

—El director. Així que calla quan ell parli —el va tallar el David.

—Gràcies —va continuar el Toni—. Escolteu-me bé, perquè aquestes normes us poden salvar la vida en algun moment.

»Ni s'expulsa ningú ni s'abandona. El grup té cura de tots els seus membres i els porta pel bon camí. No haureu de nominar-vos ni votar a favor ni en contra. Sou l'equip que el públic ha decidit i haureu d'aprendre a funcionar com a tal, complementant-vos.

»Les vostres sortides aniran vinculades a missions concretes i a partir d'ara tot contacte amb l'exterior serà filtrat i controlat mitjançant xarxes socials restringides. La comunicació amb família i amics quedarà reduïda a les gales del programa o als missatges que us podran enviar i que la direcció decidirà alliberar en determinats moments. Ara el vostre món serà el vostre equip i els innocents que us necessiten.

»Sereu entrenats en diversos camps per professionals altament qualificats que exigiran el millor de vosaltres. Oferir-los menys serà ofendre'ls. Obeïu-los i milloreu amb ells.

»Les càmeres i micròfons sempre estan emetent. Penseu que el món us està veient i que heu de servir de model i d'inspiració.

»Les vostres prioritats són protegir l'innocent, defensar la justícia i combatre problemes socials amb prevenció, reflexió i actuacions puntuals i enèrgiques.

»La violència mai és la solució, però si és l'única eina per protegir un innocent, empreu-la amb seny. Mai s'inicia un atac, només es respon. A l'enemic se l'ha d'anul·lar, no ferir, i qualsevol contraatac sempre ha de quedar ben justificat per legítima defensa.

»I sobretot, recordeu que la Llei la fan complir les forces de l'ordre. *Sentinels* lluitarà sense descans contra el mal, però sempre dins de la legalitat i la col·laboració amb la policia.

El director va dir les últimes frases amb tota la convicció possible, esperant aconseguir la possible complicitat dels agents de l'autoritat.

A la cadena ja els havien avisat que els Sentinels podrien anar a judici per la meitat de les missions que somiaven fer, i a més, ja comptaven que el Departament d'Interior els posaria una denúncia perquè algun jutge tanqués el programa.

Però el David s'havia volgut arriscar, perquè imaginava que demanant algun recurs judicial, els advocats els ajudarien a guanyar temps i el programa podria resistir fins a l'arribada de l'estiu, acomiadant-se amb un bon *share*.

I el Toni, convençut per l'entusiasme del seu amic i pensant que en el pitjor dels casos les multes les pagaria la cadena i ell no acabaria tacat per res, s'hi va sumar.

Però sabia que cada dia hauria de controlar els participants perquè no creuessin cap línia legal o, si més no, ho fessin ràpid i sense deixar-ne rastre.

—Us queda clar? —va dir amb fermesa.

Tots van empassar saliva.

—Ens ho donareu per escrit, oi? No tenim tanta memòria —va dir el Jo Lee, fent-los somriure.

CAPÍTOL 15

Els directius i el públic sabien que el que millor funcionava dels *realities* eren els conflictes per la convivència.

Però el David havia vist molts pocs d'aquests programes, perquè tant ell com el Toni preferien dedicar el seu temps d'oci a veure pel·lícules i sèries.

A diferència de companys seus que van sortir de la carrera sense ni haver vist *Ciutadà Kane* (i a sobre se'n sentien orgullosos), a la Pompeu Fabra els dos amics havien patit una greu crisi d'humilitat en veure que per molt que ells creguessin que sabien de cine i de llibres els faltaven milers de referents per tenir una mínima base.

I la seva dieta cultural es va nodrir de bons productes, mentre la resta del país es dedicava a veure com cantants, cuiners, famosos oblidats o estrelles del porno convivien davant de les càmeres.

Per això al David la convivència el va sorprendre i se li va fer insuportable ben ràpid. El ric triomfador que tenia un àtic de doscents metres per a ell sol ara compartia dormitori amb tres desconeguts que roncaven i que, encara que sonés a tòpic i broma fàcil, es tiraven pets mentre dormien.

El pitjor de tot era el lavabo.

Expressament només n'havien posat un, de manera que les cues i els crits, quan hi havia cabells a la pica i embussant la dutxa, eren diaris.

Amb la mateixa malícia, tampoc hi havien posat balda, i per tant, la gent obria la porta sense ni trucar abans i es trobava tot l'espectacle evacuador.

La resta del temps era més plàcid, perquè un horari disciplinat els tenia entrenant i aprenent durant hores, però sempre hi havia algú que treia de polleguera els altres.

El Moussa va tornar-se addicte al càtering i les begudes que al plató-caserna es renovaven màgicament gràcies a l'equip de producció. I excepte en els moments d'entrenament, en què no abandonava pas les begudes energètiques, anava a tot arreu amb una bossa de fruits secs, trossos de formatge o directament amb bosses de patates fregides dels patrocinadors que feien molt feliços els executius.

—Ja sé que els negrets passen gana, però em sembla que aquest s'està venjant per tota l'Àfrica —va mofar-se el Morales.

—Aquest és el seu tercer esmorzar. Deu ser funcionari o hòbbit —va continuar el David.

—Us hauria de caure la cara de vergonya. No podeu fer aquestes bromes racistes per la tele. Esteu perpetuant una línia de pensament retrògrada —els va acusar la Diana.

—A mi m'ha fet gràcia l'acudit del David. És un hòbbit —va dir la Jessica.

—I a mi —va dir la Rosaura.

—I això que ets argentina —va dir el Morales.

—Què vols dir?

—Que també ets una mica indígena.

—Nano, ets un mal educat —va etzibar-li la dona marxant de l'habitació. A la seva edat ja havia après que discutir-se amb imbècils mai dóna pau d'esperit.

—I tu no li diràs res? —va preguntar-li el Jo Lee al Moussa—. Deixaràs que t'insulti sense més?

—Si m'hagués d'encarar amb cada un que em mira malament, tindria tres cadenes perpètues. Vaig passar la infantesa a Torelló, en un col·legi amb el pati gelat a l'hivern i que cremava a l'estiu, i on l'únic negre del poble era jo. Ja m'han dit de tot i ja he trencat prou cares. Jo sóc negre i el soldadet aquest és un gilipolles. Cap dels dos podem fer res per canviar, així que no hi donem més voltes. Jo no represento una raça ni sóc portaveu de res ni estic aquí per papers ni per legalitzar la meva situació, igual que tu no t'has de sentir obligat a fer de Bruce Lee ambaixador davant de gent que no sap diferenciar un coreà d'un japonès o d'un xinès. Jo simplement estic fort i sóc àgil i prefereixo fer acrobàcies amb vosaltres per una bona causa que estar-me al carrer fent tombarelles per a turistes.

Se'l van quedar mirant tots amb la boca oberta.

—Parla poc però quan parla, parla molt —va dir la *cosplayer*.

CAPÍTOL 16

Es barallaven cada dia, però també aprenien a suportar-se.

L'entusiasme incansable generat pel Demolidor, que sonava gairebé com un dibuix animat o com un extraterrestre que hagués après nocions de convivència humana veient programes educatius, sempre els calmava i els ajudava a constituir-se com a grup.

La Jessica i ell aprofitaven cada àpat comunitari per explicar-los els orígens dels superherois més famosos, i quan el David intervenia per corregir-los o donar-los-en més detalls, la resta li demanaven que no volgués acaparar totes les converses.

I llavors ell contraatacava amb un altre tema recurrent: la cara del Demolidor.

Cada dia li demanaven veure'l sense màscara, encara que fos només un moment.

—Això mai! La meva màscara és la meva font de poder. Perquè em dóna força i llibertat. Sóc més que un home, sóc un ideal.

—Com el Batman —va aportar la Jessica.

—Tu ets calb, segur. Accepta-ho, nano, no passa res —el punxava el Morales.

—La primera norma dels superherois és protegir la nostra identitat secreta. Perquè només així podem protegir la gent que estimem. I a vosaltres no se us acut res més que participar en un concurs de la tele amb els vostres noms reals i amb els familiars participant en reportatges i gales. Si algú es vol venjar de nosaltres, ja sap on trobar-nos a nosaltres i a les nostres famílies.

—I qui vols que ens ataqui? Godzilla? —va remugar el militar.

—Hisenda ens fotrà un pal, amb màscara o sense —va queixar-se el David.

—Si arribeu a la final —va advertir el Jo Lee—. I no sé si tots hi arribareu.

—I tu sí? Perquè, saps, kung fu —el va increpar el Roca—, un *uppercut* meu val per vint dels teus saltirons.

—Ei, ei, que això no és la presó, Mike Roca —va intervenir el Guillem—. Aquí hi som perquè volem, i per passar-nos-ho bé. Per conviure i aprendre els uns dels altres.

—Jo no he vingut aquí a aprendre res de ningú —va escopir el boxador.

—Com vulguis, Miquel.

—Mike, em dic Mike.

—Pinta de pare de la Constitució no tens, Miquel Mike Roca.

—Aneu a la merda —deia el boxador abans de marxar cap al gimnàs a colpejar el seu sac favorit.

—Em sap greu si allà fora no teniu ni família ni una feina que us faci feliç, i que ho hàgiu abandonat tot per refugiar-vos aquí, però tampoc cal que això sembli una reunió d'alcohòlics anònims amb mono. Podem ser justiciers feliços, no? A la caserna dels bombers convivim molts tot el dia i som com una família unida. Com a mínim jo m'ho penso passar bé i no em deprimireu.

La Jessica va somriure a la Diana:

—Això és la festa de pijames més friki que haurem fet mai.

—No creguis. Quan venien els amics del meu germà a jugar a rol era molt pitjor.

CAPÍTOL 17

Una de les poques alegries que tenia cada dia el David eren les noies. I com era habitual en ell, va anar directe darrere la Jessica i la Diana quan amb prou feines feia una setmana que estaven tancats al plató-caserna.

Mentre que la *cosplayer* li somreia amb simpatia, l'aspirant a policia li seguia aixecant barricades.

—Nena, tu i jo no vam començar amb bon peu —va dir el presentador.

—El meu nom és Diana, si és que ets capaç de recordar-lo. Ni nena ni noia ni conyet.

—Ei, ei, que jo no...

—Perdona que et marqui així, però no vull malentesos. Com que ja d'entrada et vas portar com un gilipolles...

—No remenem la merda, sisplau. Intento aclarir les coses. El passat ja ha passat. Ara pensem en el futur. En el nostre futur. Perquè estem junts en aquesta aventura i no podem fallar al públic.

—Parles com si fóssim la Família Reial i haguéssim de celebrar un casament d'estat perquè els súbdits no envaeixin el palau.

—És una manera curiosa de veure-ho. Per què has parlat de boda? No vas massa ràpida? —va bromejar ell.

—Escolta, el sol fet de ser compatibles biològicament i estar tancats en un mateix recinte dia i nit no implica que ens hàgim d'embolicar. I el sol fet de ser el presentador del programa, a més d'un dels participants, encara ho fa menys ètic i desitjable. Que corri l'aire, senyor presentador. Pensava que això era un projecte per formar justiciers, no un *reality* perquè els quillos i les xonis trobin parella.

—M'estàs dient quillo?

—Amb el tall de cabell i aquest xandall, catedràtic d'universitat no sembles.

—Que poc saps de la tele! L'estilisme me'l fan vulgui o no vulgui, per estar a la moda de la gent jove, i el xandall és d'un dels patrocinadors. Si no el portes tu és igual, perquè no ets ningú, però jo sóc la imatge d'això. I si paguen, esperen que jo llueixi la seva marca.

—No sóc ningú? I tu ets perfecte, oi? Crec que és la manera més estúpida de tirar-me la canya que he patit mai —el va renyar la noia.

—Per què sempre has de treure el pitjor de mi? No saps res. No et muntis pel·lícules. Si em coneguessis de debò, t'encantaria.

—I si anés a cines de versió original segur que m'emocionaria amb pel·lícules iranianes. Però em fan mandra. I tu també.

El presentador se la va quedar mirant, incrèdul.

Quan anava a treure la ràbia, va recordar totes les càmeres que els gravaven.

I va pensar en les milions de fans que deixarien de seguir-lo a Twitter i Instagram si es portava com un masclista ferit.

—Mira, noia... Jo sé que l'amor de la meva vida està fora d'aquest plató, potser veient-nos ara mateix des del seu mòbil o per l'ordinador, a la seva habitació, o a la feina, o tornant en metro després d'un dia de merda. Jo crec en l'amor perquè les meves fans m'han ensenyat que és possible. I que sempre em faran costat. Jo només intentava animar-te, perquè et veig molt perduda aquí dins, molt rígida, com si estiguessis de servei i només volguessis fotre'ns una multa per qualsevol excusa. A nosaltres, els teus propis companys, que som gairebé la teva nova família, els teus nous germans.

—Tu mai seràs el meu germà. No t'hi intentis comparar mai.

—Eh, tranquil·la, que vinc en so de pau. Jo només et volia oferir algú amb qui parlar. Un amic de veritat.

—Quan se t'acabi la fama i hagis de pagar les pensions de les teves exdones, al canal de telepromocions et fitxaran segur. Sembles molt sincer, però no acabes de convence't ni a tu mateix. Si només volies oferir amistat, com és que ens estàs tirant la canya a la Jessica i a mi a la vegada? Vols que estiguem geloses l'una de l'altra i caiguem a les teves urpes per desesperació? Jo de tu aprofitaria les hores que et toca presentar l'altre programa per fer-te alguna hostessa al camerino, perquè aquí no trobaràs *groupies* receptives.

CAPÍTOL 18

En una pel·lícula, ara tocaria un muntatge musical on un parell d'entrenadors alliçonarien els concursants, els ensenyarien tècniques de defensa personal i els farien suar per posar-se en forma.

Els diversos participants s'esforçarien o no segons la seva voluntat i resistència, els veuríem suar amb samarretes o sostenidors ajustats, i la música seria tan èpica i enganxosa que immediatament la buscaríem a l'Spotify per escoltar-la un altre cop.

Però la vida real tenia un ritme més avorrit, amb més agulletes i amb una banda sonora més decebedora.

El David va mantenir el ritme sovint perquè per alguna cosa tenia entrenador personal des de feia dos anys, però no era el mateix fer flexions que aprendre tècniques de combat i més d'un dia va acabar amb blaus per tot el cos, que les maquilladores del programa del cor s'havien d'esforçar a dissimular.

Com si es tractés d'una cooperativa okupa, tots van ensenyar als companys allò que dominaven més. Gràcies al Demolidor i al Jordi Jo Lee, van aprendre cops, claus i reaccions que tombarien qualsevol que intentés complicar-los la vida. I amb el Mike Roca van descobrir que de vegades és molt millor pegar abans de preguntar.

Sense els seus porros a mà, el Morales sempre estava de mal humor però els va organitzar amb rutines militars perquè allò no acabés sent una comuna.

La Jessica, la Diana, la Rosaura i el Guillem feien l'exercici més dur de tots: mantenir el grup feliç i en pau, o com a mínim, amb poques discòrdies, ja que havien de veure's a la força les 24 hores del dia.

I el Moussa els fascinava amb un superpoder que pocs esperaven: el de ser un xef incansable i innovador que els feia esperar l'hora dels àpats amb autèntica ànsia.

En tres setmanes van passar de ser una colla de brètols poc coordinats a un grup.

No era el millor grup però tampoc el pitjor.

Com a mínim sabien els noms dels altres i també les seves habilitats i febleses, per cobrir-se mútuament.

I això ja és més del que hi ha a moltes oficines de l'administració.

A poc a poc s'anaven entenent i esperaven que l'uniforme els acabés de donar la majestuositat que els faltava.

Però aquell va ser un dels moments més humiliants per al David.

Ell i el Toni havien fet un munt de dissenys i havien demanat a dibuixants de còmic del país que treballaven per a Marvel i DC que els aconsellessin i aportessin les seves idees.

Tenien des de models més militars, de tropa urbana d'assalt, a fantasies llampants dels anys vuitanta, amb colors, guants i capes. Perquè per damunt de tot el David volia una capa que el tornés èpic.

Però l'única capa que volien veure els directius del canal era la fletxa del *share* onejant ben amunt.

Els ajudants de producció van entrar al plató-caserna maletins per a cada un d'ells. Amb molt de cerimonial, el David va reunir el grup i els van obrir tots alhora, al menjador.

En van treure les peces i... la indignació va esclatar.

—Però què és aquesta merda? —se li va escapar al David, oblidant que ell era el presentador i la veu corporativa assenyada en aquella tropa.

—Controla't una mica —li va dir l'Olivares pel *pinga*, pitjant ell mateix el botó del micro i deixant ben clar a tothom del control que allà qui controlava era ell—. Si hi ha algun moment en què els patrocinadors miren el programa és ara.

—Home, té raó. No és el que havíem acordat —va intervenir el Toni més emprenyat del que era normal en ell, que tampoc era res que espantés un directiu—. I com a director m'hauríeu d'avisar si hi ha canvis, sobretot perquè m'he dedicat moltes hores a les nostres propostes...

—Quan acabem el directe parlem del que vulgueu. Però ara us vestiu amb els uniformes, que molta gent de talent hi ha treballat molt i molt dur —va sentenciar l'Olivares, marxant de la sala per ser el que deia l'última paraula i privant-los de protestar.

Els Sentinels van posar-se els uniformes com si anessin de festa per Carnestoltes, però el David seguia indignat. Tantes propostes, tantes idees malaguanyades, per acabar portant... un mono de treballador de les clavegueres.

Fashion, sí, i amb reforços a colzes, genolls i espatlla, però un mono de merda.

I per descomptat, no podien faltar uns quants logos ben visibles al pit i als braços.

—Mira, portem més marques que Fernando Alonso —va riure el Guillem.

—Em nego a canviar el meu uniforme per això —va queixar-se el Demolidor—. És la meva identitat i la identitat ni es canvia ni es malvèn.

—Hi ha escombriaires que van millor que nosaltres.

—El Barça porta Qatar a la samarreta i no passa res.

—Que no passa? Aquestes samarretes s'han prostituït, igual que el Club. A Wembley… —va començar la Diana.

—Prou! —va tallar el David—. No ens posarem això. No hem creat aquest programa per vestir-nos com pallassos. I si els patrocinadors s'enfaden, que s'enfadin. No crec que cap marca vulgui abandonar-nos ara, perquè l'audiència no l'hi perdonaria. Fins i tot podria deixar de comprar una marca que ens ha deixat tirats a nosaltres. I on carai s'ha vist un superheroi impressionant sense capa? —La Jessica anava a comentar un munt d'exemples mítics que no en necessitaven pas, però el presentador va rematar el seu al·legat amb un crit—: Vull una capa, collons!!! Realització, podeu ensenyar els dissenys que vaig fer?

El Toni es va remoure per dins. Li encantava quan el David desafiava tothom, però també el fotia dels nervis la fabulosa memòria selectiva del presentador, que el portava a apoderar-se, sense voler, de molta de la seva feina.

Aquells dissenys els havia pensat ell quan anaven a l'institut i aprofitava els últims fulls de les llibretes per dibuixar durant l'hora de català. I de sobte, mitja vida més tard, el David havia aparegut amb una versió clavada dels seus dibuixos. Per no discutir, ell no li havia dit res. Però cada cop que el sentia dir «els meus» es retorçava com un Gòl·lum a dieta d'anells.

Per altra banda, abans que aquells uniformes horrorosos pensats per dissenyadors que no haurien vist un còmic encara que els buidessin els ulls amb un exemplar doblegat, el Toni preferia que els Sentinels anessin vestits com ell havia pensat d'adolescent, no només per la il·lusió que li faria sinó perquè enviaria a la merda tots els companys de classe que es van riure de les seves fantasies.

Des del seu mòbil va reenviar els dissenys a l'ordinador de realització i els concursants els van veure per les pantalles del plató-caserna.

—Això sí que mola! —van exclamar tots.

L'uniforme era negre, amb proteccions a cames, braços i pit, amb un cinturó ple d'estris útils en homenatge a Batman, guants i botes resistents, i un casc de motorista amb la part frontal que es podia apujar totalment i deixava veure les cares dels concursants però els protegia de qualsevol cop.

Al lateral dret del casc hi anava incorporada una petita càmera capaç de gravar i emetre simultàniament per wifi.

I al pit, afegit a última hora, tenien una S espectacular. Si Superman, Supergirl i Krypto el supergos no estaven conformes, que els demandessin.

Malgrat les reticències inicials, l'Olivares es va empassar l'orgull i va negociar un altre cop amb els patrocinadors, que van acceptar el nou model.

A cuita-corrents i cagant-se en tot, que és com sempre es fan les coses a la tele, el departament de vestuari va acabar els uniformes.

I quan se'ls van emprovar, els Sentinels estaven esplèndids.

El Toni es va notar els ulls vermells, com si una conjuntivitis de ràbia i enveja li hagués esclatat a la cara.

Semblaven Los Vengadores, els X-Men, La Lliga de la Justícia, Els Nous Titans... Semblaven qualsevol cosa èpica excepte un grup d'arreplegats amb ganes de sortir a la tele.

I la Diana no podia semblar més fabulosa.

I ell no estava amb ells.

Quan van acabar l'emissió del directe, la Lola de vestuari el va anar a buscar a la safata de pastes de la sala d'espera, on ell estava transmutant la venjança en calories.

—Has quedat content?

—Heu fet una feina genial, moltes gràcies —li va dir el Toni.

—Això ja ho sé. I pel poc que ens paguen i el poc que pensen en nosaltres, encara té més mèrit. Però tu estàs content o no?

—Sí, esclar. Per què no hauria d'estar-ho?

—Perquè et faltava això —va afegir la dona, donant-li una maleta.

—És...?

—Tenia les teves mides de quan vau fer el pilot aquell amb el David. T'has engreixat força, però crec que t'anirà bé.

El Toni la va abraçar amb una emoció sobrenatural.

—Gràcies, gràcies, gràcies... Però per què ho has fet? Si jo mai seré un dels Sentinels.

—Et vas portar molt bé amb allò de ma germana. I com que col·lecciones coses frikis, sabia que t'encantaria. Això és una peça única...

CAPÍTOL 19

El Toni s'havia obsessionat amb la Diana igual que un nen pobre s'obsessiona amb els dolços d'una pastisseria que només pot veure a través del vidre de l'aparador.

Fins aquell moment, s'havia sentit com la Ment Mestra que ho organitzava tot, com un Màster de la seva partida de rol somiada. Podia moure els fils sense necessitat de conviure al plató-caserna, ni compartir lavabo amb aquella colla, cosa que no havia fet ni de petit, perquè sempre s'havia negat a anar de colònies.

Però dia a dia s'havia anat fixant més i més en la jove aprenent de policia, en tot el que deia, en com reia, en com intentava ser sempre un element de concòrdia i pau.

I cada cop tenia més ganes de passar temps amb ella.

Com a director del programa i friki expert, algunes nits els havia preparat una pel·lícula de les bones que adaptés els còmics d'algun supergrup, per motivar-los a treballar en equip i de passada fer-los sentir com ell se sentia de petit, poderós i infinit, quan jugava sol amb els ninots de la *Secret Wars* de Marvel i s'inventava històries. Amb *Guardians de la galàxia*, *Los vengadores*, *X-Men* i sobretot

Kick Ass, van riure i es van emocionar tant que es patrullaven al damunt.

Ell els explicava els millors moments des dels altaveus, com un audiocomentari particular, per fer-los fixar en les escenes clau que ells podrien imitar durant les missions del programa.

Però encara que compartís aquests moments tan especials per a ell, que havia fet sol amb el projector de casa seva durant anys, li dolia no poder estar assegut al costat de la Diana, amb les mans coincidint al bol agafant crispetes.

També els havia preparat diversos lots de còmics perquè es posessin al dia de referents, comprats amb el pressupost de la cadena, esclar. Però a ella li havia fet un paquet amb els seus propis còmics de casa, amb l'edició original de Zinco de *Watchmen*, que potser tenia àcars i tot, perquè volia que ella descobrís tot aquell món amb els seus tresors i que els seus dits toquessin el mateix paper que ell havia venerat amb cura durant dècades.

—Moltes gràcies per confiar-me els teus incunables, però tot això ja ho vaig llegir fa anys. Ser la petita en una casa on viu un fan té els seus avantatges —va dir-li ella, sorprenent-lo encara més.

CAPÍTOL 20

Cada dia el Toni parlava vint minuts amb cada concursant, en una saleta coneguda com el confessionari. Allà ells li obrien el seu cor, i si no, ell preguntava fins que s'acabaven obrint una mica. L'important era que hi hagués sentiment i que, si pogués ser, ploressin. Perquè si no, el públic canviava de canal.

Molts cops, per motivar-se amb gent tan diferent d'ell com el Morales, el Toni s'imaginava que era Nick Fúria interrogant sospitosos en una cel·la especial de Shield.

I el seu moment més esperat era quan podia parlar amb la Diana.

Amb ella tot anava fluid, i els minuts passaven de manera agradable per als dos.

Va ser així com ella va confessar el seu veritable motiu per participar en el programa.

—Tu creus que he fet bé entrant aquí?

—Al confessionari? Si no tens ganes de parlar ho deixem —va oferir el director.

—Al programa.

—Saps que no puc explicar-te res de l'exterior. Però et puc dir que la teva presència dinamitza el grup i reconforta tenir un punt de vista femení tan clar, proper i potent.

—Tenia dos grans motius per entrar aquí. Volia que les noies tinguessin referents que valguessin la pena, que n'hi ha de sobres, però no als *realities*. No vull que totes creixin escoltant reggaeton que sembla gairebé apologia de l'esclavatge sexual i que es pensin que la seva vida depèn del que els manin els homes. Sé que el David diria que vinc aquí a sermonejar, que no n'hi ha per a tant, però passen moltes coses i la gent mira cap a una altra banda. Vull que les noies em vegin en acció, amb tota normalitat, i creixin sabent que totes podem ser fortes i lliures.

—Ho estàs fent molt bé —va animar-la ell.

—I si m'he equivocat?

—Jo m'he passat la vida fent-me aquesta pregunta fins i tot quan havia de triar només entre tres plats d'un menú. I un d'ells era verdura, que això per a un tio no compta com a plat.

La Diana va somriure.

—Qui s'equivoca molt és perquè té la valentia d'intentar noves coses. No tots som així.

—Només em quedaven dos mesos per acabar el curs de formació.

—Segur que podràs tornar a l'ISPC quan s'acabi el programa.

—He desobeït les seves ordres. Una futura mossa d'esquadra no està ben vist que participi en un xou que trepitja la labor policial. No m'hi deixarien entrar ni que em fes repartidora i els portés un munt de pizzes.

—I segur que la pasta del curs no te la tornen —va bromejar ell, fent-la riure.

Es van quedar un moment en silenci.

—No els vaig dir res als meus instructors pensant que no m'agafaríeu. I quan em van veure a la primera gala... Són els tercers estudis que deixo... Però ho havia d'intentar. Alguna cosa dins meu em deia que *Sentinels* era el meu destí.

—Estàvem destinats a trobar-nos —se li va escapar a ell, oblidant que estaven en directe pel canal 24 hores i que l'escoltaven milers d'espectadors.

La noia va canviar la cara i el Toni es va posar nerviós.

—Vull dir tots, eh, no tu i jo. Tots els que esteu a la casa i tot l'equip del programa. Estàvem destinats a fer d'aquest món un lloc millor. Però bé, quin era l'altre motiu? —va dir ell, per desviar la conversa.

—Perdona?

—Has dit que tenies dos motius per entrar aquí.

—És personal.

—Les motivacions personals són les que de veritat valen la pena.

Ella va mirar a terra.

—Diana... Si no en vols parlar, ho respectaré.

—Sento que a tu t'ho puc explicar.

—Gràcies. M'he entrenat molts anys escoltant les penes de les noies que els meus amics abandonaven.

—Ets un pagafantes? —va riure ella—. I a sobre ho confesses?

—Sento que a tu t'ho puc explicar —li va contestar ell, fent-la riure un altre cop.

La Diana va rascar el terra amb la bota, i després va començar a parlar mirant cap als costats, com si no mirar a càmera li servís per desfogar-se sense que les paraules realment sortissin de la seva boca.

—Volia... necessitava guanyar el còmic i la figura d'acció...

El Toni no la va tallar per dir-li que no semblava pas tan friki.

—No eren per a mi.

El director va resar perquè no sortís cap nòvio a la conversa. Els directius havien insistit a triar els concursants intentant que cap d'ells tingués parella seriosa, perquè això comportaria tensió sexual entre els membres de l'equip i, el millor de tot, morbo de l'audiència. Però vés a saber si els participants havien dit la veritat al càsting.

—Per al teu... pare? —va ajudar-la ell veient que la noia no continuava.

—Per al Jaume.

—Ah —va dir ell, imaginant que no era un nom de motorista dolentot amb cuir, però que sonava a xicot de tota la vida, del que s'enamoraven a batxillerat i seguien tota la vida, trencant i tornant cada cert temps.

—Has rebufat?

—Jo? No, no.

—El Jaume és el meu germà.

—No l'he vist a les gales. Això de la tele és massa espectacle per a ell?

—Ell s'atrevia amb tot. No sabia què era la por.

—Ja no...?

—Va morir fa deu anys. Càncer de pulmó. No havia fumat en la vida. I feia esport. Menjava com un porc, això sí. Pizza cada dia.

—És la dieta mediterrània dels lectors de còmics. Però encara no he trobat cap metge que la prescrigui.

—Han passat deu anys i penso, pensem en ell cada dia. I no he pogut fer-li cap homenatge bo. Em sento tan inútil... Vull el premi perquè nois com ell de tot el país el tinguin com a heroi. I que coneguin el Jaume encara que sigui a través dels còmics. Vull que *Sentinels* em doni la immortalitat per a ell.

El Toni va plorar més que la Diana i en aquell mateix moment, a part d'enamorar-se perdudament, va començar a trencar les normes del programa:

—Si per qualsevol motiu no vols arribar fins a la final, et prometo que el còmic el tindràs.

La noia va mirar directament a càmera, emocionada.

—Gràcies, director.

—Em dic Toni.

L'Olivares li va cridar l'atenció perquè ell no podia demostrar preferències per cap concursant, ni tan sols pel David. Tot i que la història del germà mort de càncer l'havia commogut a ell i als espectadors i els permetria fer un especial amb una associació de malalts, que donaria força audiència.

I des d'aquell dia, per molt que li costés, el Toni s'havia forçat a tenir només converses més impersonals, tot i que se li acumulaven les ganes d'abraçar-la.

Esclar que no hi tenia res a fer, amb la Diana, com amb tantes altres noies que havia conegut a la tele. Presentadores, guionistes, fins i tot becàries...

La seva vida era feina, feina i només feina, i el cap de setmana només tenia temps per a rentadores, l'escapada al Triangle Friki a fer la ronda de llibreries especialitzades, des de Gigamesh a Norma, (on qualsevol noia o anava en parella o en grup o ja era assetjada per 20 gordos amb barba i motxilla com ell), el dinar els diumenges a casa els pares i la marató de pel·lis subtitulades al Cine Maldà, on el seu màxim atreviment era intercanviar alguna frase a la cua amb alguna noia o seure a la mateixa filera que les que anaven soles (tot i que, normalment, elles s'acabaven canviant de lloc).

La seva rutina l'encadenava i, per tant, l'únic lloc on podia trobar l'amor era la tele.

Però per simpàtic i atent que fos amb elles, mai les enganxava disponibles. O acabaven de sortir d'una relació o estaven a prova d'una nova relació estil *free preview* o estaven aparellades i malgrat que fes temps que estaven amb el mateix, l'acabarien deixant només quan el Toni es cansés d'insistir i casualment després es quedarien amb el primer que passés, que no seria ni divertit ni creatiu ni genial però tampoc ni gordo ni barbut.

El pobre Agustí de la cafeteria l'havia vist pagar tants menús per a dos que de vegades li donava alguna Pepsi gratis perquè el sucre compensés la falta d'amor. Al David li agradava dir que ells eren dos reis: el Rey de cognom i el Rey de la *friendzone*.

Però si alguna cosa li havien donat els seus anys de guionista televisiu era una resistència inhumana a les negatives. Per cada projecte que li havien comprat, potser n'havia fet nou més igual de bons pels quals no havia ni rebut resposta.

I al final, si feies la mitjana, compensava. Perquè quan sortia bé, sortia molt bé.

El Toni mai s'hauria pogut enamorar d'una concursant de *reality* igual que el seu seny l'havia previngut d'enamorar-se de qualsevol de les actrius amb qui havia topat a la tele, perquè ja se sap que les actrius van d'inestables a boges i prou inseguretat tenia ell per a sobre afegir-hi la d'una altra persona.

Però la Diana li trencava els esquemes. Li semblava que la coneixia de tota la vida i a més cada dia l'admirava amb renovat interès.

I li creava l'impuls suïcida de voler intentar alguna cosa amb ella, encara que tingués tots els números per fer el ridícul. Si més no, era el director del programa i això li donaria un cert escut que evitaria que ella l'enviés a la merda.

Però hi havia el problema logístic: si ella no sortia d'aquell plató-caserna, ell no se li podia acostar en persona. En canvi, tots els altres participants no perdrien el temps, perquè de dones només n'hi havia tres.

I a més hi havia els entrenaments.

El Toni, com a director del programa que necessitava audiència, s'havia meravellat de la forma física dels Sentinels i les ganes amb què entrenaven. Però com a friki grassonet, l'humiliava profundament saber que mai podria competir amb aquella gent. A menys que...

A l'entrenador Carranza l'havien fitxat amb una sola reunió. Els havia convençut amb una frase que a ell li va semblar pixar fora de test:

—Jo puc convertir qualsevol en una bèstia fibrada. Fins i tot a aquest d'aquí —havia dit, assenyalant-lo a ell en la sala de reunions i provocant que el Serra s'animés a riure com un orangutan borratxo.

El Toni va esperar el Carranza un vespre que sortia del plató després dels entrenaments.

—Podem parlar?

—Això vol dir que em foteu al carrer? Perquè si em foteu al carrer us cremo la barraca.

—Pensava que els entrenadors d'avui en dia tenien carrera o com a mínim una mica més d'educació.

—Vaig enganyar el sistema. Què carai vols? Que ara tinc una russa operada que em paga dues hores de pilates i no vull fer-la esperar. Les riques odien esperar.

—Amb el que et paga la tele, no necessites més clients.

—Mentre tingui molts clients, puc enviar a cagar a qui em roti. Aquest és el secret de la meva llibertat.

—I jo que pensava que era el xandall.

L'entrenador es va posar a riure.

—Vols que t'entreni, no? Perquè odies veure't gordo i patètic mentre que tots aquests d'aquí dins semblen models de roba interior.

El Toni va empassar saliva.

—No era pas això. Volia parlar de com veus el grup físicament i emocionalment. Però ja que treus el tema… no m'aniria malament perdre un parell de quilets.

—I 15 també, nano, que tens massa autoestima. Però si algú pot fer miracles sóc jo. M'ho hauràs de pagar a part, esclar.

—Però em faràs preu d'amic, no?

—Amic? Saps com es diuen els meus pares? T'he convidat algun cop a casa meva? Hem anat a jugar a paintball? No, oi? Preu general i a cagar. I les Pepsis i les xocolates, ni tocar-les, eh.

El Toni va imaginar-se un gran monstre fet de pizza, pasta, hamburgueses i llaminadures que li deia adéu amb la mà.

I després es va recordar davant el mirall del seu lavabo, quan es va emprovar l'uniforme de sentinel que la dona de vestuari li havia regalat, i que el feia semblar una botifarra o un turista alemany després d'una sobredosi de botifarres o qualsevol imatge mental amb botifarres mutants que faria marejar de fàstic la Diana.

—Espero que el teu mètode funcioni —va dir finalment, resignat a enfrontar-se al repte—. Perquè sense sucre no sóc res.

CAPÍTOL 21

Dins del minibús, els Sentinels van intentar encendre tots alhora les càmeres dels seus cascs.

Només ho van aconseguir tres.

—Això no funciona —es va queixar el Morales.

—A mi m'ha funcionat perfectament. Però potser per entrar a policia cal ser més llest que per militar, no? —va bromejar la Diana.

—Heu pitjat el botó? —va preguntar el Jo Lee—. Perquè mira que és fàcil.

—Ah, tenia la rodeta en funció de fotos i no de vídeo —va dir el Morales.

—Doncs canvia-ho —va etzibar-li el Roca, boxejant amb la seva actitud.

—Gràcies pel cony de consell, senyor *hacker*. A mi solet no se m'hauria acudit mai.

—Jo amb els guants no puc! —deia la Rosaura.

—Em foteu dels nervis i encara ni ha començat la missió —va remugar el Roca.

—Si d'això en dius missió... Anem a fer el pena —va dir el Morales.

—Sabeu que tot això s'està gravant, no? —els va renyar el David.

—Ja ho editaran després —va contestar el Morales fent-se el savi.

—Què vols editar? Què t'inventes, tu? Si m'escoltéssiu una mica... Simplement perquè sóc el presentador i capità de tot això... Potser no faríem tant el ridícul. Això està sortint en directe. Saludeu els espectadors...

El minibús va parar davant del parc.

—Preparats? Ho vull ràpid i fàcil —va demanar el David.

—Com a mínim caminarem a càmera lenta, no? —va suggerir el Demolidor.

—Ara què cony dius? —es va queixar el militar.

—Queda més èpic —va afegir el lluitador.

—Tant de bo ens ataqui algú i ens puguem barallar. Perquè em foteu d'una mala llet... —va comentar el Roca.

El David va obrir la porta.

—Vinga, a fora, va, va, va!!

Van baixar amb energia i determinació.

Es van trobar amb un pobre càmera amb focus extra que els il·luminava i gravava des de la distància, per si les imatges dels cascs no quedaven bé en missió nocturna.

—Està plovent —va dir el Morales.

—Vols que et fitxem d'home del temps o què? —li va etzibar el David.

—Ens quedarem xops —es va tornar a queixar el militar.

—La pluja és èpica. M'agrada! —va cridar el Demolidor aixecant els braços al cel com si invoqués la tempesta.

Tres dels Sentinels es van separar, examinant el parc.

—Sector esquerre controlat.

—Això del davant també.

—*All clear!*

—Aquest què diu?

—Que no hi ha moros a la costa.

—Per què volem moros si ja tenim el negre? —va haver de dir el Morales.

—Tan obsessionat et té el meu paquet que no em pots treure els ulls del damunt tota l'estona? Moltes dones somien fer-s'ho amb un negre, però no sabia que a tu també et posés calent —el va desafiar el saltimbanqui.

El David va interposar-se entre el Moussa i el Morales.

—M'estic afartant del teu racisme de merda. Pensava que a l'exèrcit us ensenyaven la collonada aquella que no s'abandona cap home. I el Moussa és tan sentinel com tu. Centreu-vos en la missió o us facturo a casa —va renyar el militar amb la veu dura.

El presentador va respirar fondo i va afegir:

—Agafeu el material, ràpid!

—Quines presses. Ni que haguéssim de desactivar una bomba —va dir la Jessica.

—La justícia sempre ha de ser veloç. La gent ens necessita ara —va dir amb la seva millor veu de promos i anuncis, encara que la pluja no l'ajudés a triomfar acústicament—. I a més, la connexió per satèl·lit va cara.

—Però no era el sensor del casc el que emetia? —va preguntar la Diana.

—M'és igual. Agafeu el material i comencem ja, collons. Que sembleu nens de P3!

Els Sentinels van anar agafant safates i bosses plenes de menjar i begudes.

—Tant d'entrenament per convertir-nos en hostesses —va dir el Morales, ressentit.

—Seguiu-me! —ordenava el David mentre s'endinsava en el parc.

El càmera del programa ja havia estat localitzant abans i sabia cap on havien d'anar, així que el seu focus extern els assenyalava el camí, fins que va il·luminar unes quantes figures immòbils a terra, tapades amb cartrons i sacs.

El David va tossir per aclarir-se la veu i també per cridar l'atenció de la gent que estava per terra.

—Bona nit, gent de bé. Som els Sentinels i us portem sopar calent —va declamar el presentador com si fos un alcalde de poble que rep una delegació americana.

Alguns cossos es van moure una mica, sobretot quan el focus els va encegar.

—La llum, collons!

Alguns gossos van començar a bordar.

—Que aquests se'ns tiren al damunt —es va apartar la Jessica.

—No si jo ho puc evitar —va afegir el lluitador emmascarat posant-se davant seu per si les mosques—. Tranquil·les, bèsties! O sentireu la bota del Demolidor!

—Al meu gos deixa'l tranquil o t'arrencarà la cama! —va amenaçar un dels vagabunds.

—Proteïnes calentes, sopa calenta i cafè calent —va intentar calmar la Diana.

—I l'estufa perquè no ens cabia al minibús, que si no... —va dir el Guillem.

Els Sentinels van anar-se ajupint a donar *tuppers* individuals de menjar, mentre la Jessica no sabia què fer amb els termos de cafè.

—Cafè? Qui vol cafè?

—Estàvem dormint!

—Preferiu sopa?

—Feu callar els gossos, cony! —es va indignar el Morales.

Finalment, un dels gossos es va escapar i va saltar contra el Demolidor i la Jessica.

La noia, espantada, li va llançar al damunt el cafè del termo i l'animal es va posar a udolar quan va rebre el líquid calent.

—Fillsdeputa! Què li heu fet, al meu petit? —es va queixar l'amo del gos.

I immediatament, el caos va esclatar.

Els altres van alliberar els seus gossos, que es van afegir a la baralla.

—Correu! Al minibús! —va cridar el Jo Lee, que no volia barallar-se amb sense sostre i animals salvatges poc vacunats.

—Sisplau! Només volíem ajudar! —va dir la Diana.

—Talla la connex...! —va començar a demanar el David al control central. Però abans que acabés la frase, un dels captaires se li va tirar a sobre i el presentador va caure d'esquena damunt d'un banc.

La Rosaura va fer sonar el seu xiulet amb totes les energies i un dels gossos li va anar al darrere.

El Roca el va tombar d'un cop de puny al morro.

—Darrere meu, senyora!

—Això és un malentès! Podem polsar el botó de *pause* i en parlem amb calma? —deia el Guillem amb el seu pacifisme de bomber.

La Jessica va acabar ruixant amb esprai de pebre els ulls d'un dels vagabunds i els crits esgarrifosos van acabar d'encendre la nit.

—A prendre pel sac! —va cridar el Morales mentre tirava a terra granades de fum i començava a colpejar a tort i a dret amb els seus bastons.

Mentre el captaire que el retenia contra el banc intentava escanyar-lo, el David va girar el cap i va veure que el seu somni se n'havia anat a la merda.

CAPÍTOL 22

Els dos directius van arribar a la clínica quan la meitat dels Sentinels encara esperaven ser atesos a Urgències.

—On collons és el David? —va bramar el Serra.

—Per la meva experiència —va intervenir el Guillem, posant-se en el seu camí—, en moments de nervis és molt important respirar fondo i pensar en positiu, recordant totes les coses bones que tenim.

—Ara no em fotis la xerrada de visita infantil al parc de bombers, collons. Vull el David. Espero que no li hagi passat res, per poder-li trencar la cara jo mateix!

—Li estan cosint una cella. Però no podeu passar, que les infermeres es posen serioses —va aconsellar el bomber.

—A mi no m'atura ningú —va rugir el Serra, que va empènyer les portes que conduïen al passadís dels boxs.

L'Olivares va negar amb el cap i va preferir centrar-se en la màquina de begudes.

—Voleu res? —va preguntar a la sala en general—. Una beguda calenta us aniria bé.

—Vigileu que no hi hagi un gos per tirar-l'hi per damunt —va dir el Morales.

—Ets un imbècil, ho sabies? —li va etzibar la Jessica.

—Nois, aquí no. Les baralles, a les gales, que donen audiència —va tallar l'Olivares—. Si ja us han mirat i no teniu res greu, aneu passant al pàrquing. Us esperen dues furgonetes de producció, que us portaran al plató-caserna. Intenteu dormir i en parlem demà.

—Gràcies per ser tan comprensiu —va dir la Diana—. Ens sap molt de greu tot el que ha passat.

—M'ho suposo. Perquè si no, seríeu uns psicòpates. Cuideu-vos —va dir l'executiu mentre triava una beguda d'esportistes.

Mentre ell convidava a cafès calents, un infermer va retornar el Serra a la sala.

—Faré que t'acomiadin, xaval!

—Doncs em faria un favor. Cobro 900 euros per menjar-me els pitjors torns i a sobre no sé ni el calendari de la setmana vinent. Així no es pot tenir una vida —li va contestar l'infermer.

—Feu-lo sortir ràpid, que l'haig d'esbroncar. O li crido a ell o et crido a tu —amenaçava el directiu pagesot.

—No em faci trucar a seguretat. S'avorreixen molt i tenen ganes de gresca —va dir el noi mentre tancava la porta d'urgències.

—Un cafè? —li va oferir l'Olivares.

—Perquè m'agafi un infart? —va etzibar-li el Serra.

—Com a mínim t'atendrien ràpid.

—I el Reverte? Has parlat amb ell?

—Ha tornat a fumar...

—Merda.

Després d'una bona estona, la porta d'urgències es va tornar a obrir i dues infermeres van acomiadar-se del David amb un reguitzell de petons a les galtes que implicava que volien curar-lo més a fons.

—Parlem aviat, guapes. I envieu-me un mail amb els vostres contactes, perquè no sé on carai dec haver perdut el mòbil —va dir ell mentre els picava l'ullet amb tota la simpatia possible.

Però quan es va girar, la seva cara ensenyava un cansament enorme.

Que es va multiplicar per trenta quan es va trobar amb els directius.

—Gràcies per preocupar-vos, però no ha sigut res. Quatre rascadetes i...

—Com cony es diu el programa, David? *Sentinels* o *Els nous neonazis*? —va increpar-lo el Serra immediatament—. Perquè és el que m'ha semblat a mi. Uns collons d'idiotes disfressats fotent una pallissa a uns pobres sense sostre...

—És culpa de producció. Aquella gent estava dormint. Ningú els havia avisat.

—Amb producció ja parlarem, perquè aquí rodaran caps. I el teu, el primer —va amenaçar el directiu.

—Jo no he atacat ningú, eh. Si necessites un oculista, entra aquí perquè et posin col·liri als ulls.

—Les imatges eren ben clares.

—Clares? De nit, amb pluja i amb un parc il·luminat com el cul no ho podien ser.

—T'asseguro jo que els advocats que ens demandin ho sabran veure tot clarament.

—Ets el líder i els has deixat actuar com criatures —va sentenciar l'Olivares—. Ha estat perillós per a aquella gent, i també per a vosaltres. Però sobretot per a la cadena. Això ens farà molt de mal.

—Pensava que l'audiència sempre anava bé —es va defensar el presentador, amb una ironia que tenia massa de veritat.

—Que l'amant d'un torero es baralli amb un drogoaddicte que va de periodista, això sempre va bé. Que un grup entrenat per la cadena i amb el logo de la cadena es dediqui a apallissar gent indefensa, no. Fins i tot les teles privades tenim límits.

El David va deixar escapar una rialla bestial i va aplaudir.

—Olivares per al Nobel de la Pau, change.org ja!

El Serra el va defenestrar amb la mirada.

—Aquesta no és una d'aquelles situacions que d'aquí 10 anys ens semblarà divertida. El mal ja està fet. I podria haver estat molt pitjor. Si no accepteu l'autoritat, haurem de tancar el programa —va continuar l'Olivares.

—Vull parlar amb el meu agent. I amb el Toni. On són?

—A la tele, amb el Cuyàs i el Reverte. Algú havia d'apagar el foc.

—Aquestes tàctiques no funcionaran amb nosaltres. Pensem tots igual i actuem en la mateixa línia. Som un equip. No ens podreu separar mai.

—Podem fer el que vulguem. Llegeix-te el que signes, nano —va sentenciar el Serra.

CAPÍTOL 23

La retrobada entre els amics no va ser tan efusiva com el Toni esperava:

—Estàs bé? —va preguntar ell.

—Què cony t'han dit a la reunió? —va preguntar alhora el David.

—Primer el que és important. Estàs bé o no?

—Sí, sí, es necessiten més de dos *homeless* per liquidar-me.

El Toni se'l va quedar mirant.

El David es va fregar la cara amb les mans, com si això li esborrés l'angoixa.

—Ja ho sé, tio, ja ho sé! Tant de bo poguéssim tornar enrere —es va sincerar el presentador—. Encara no m'ho crec. Ha anat tot tan ràpid... No he vist ni la meitat del que passava. Només recordo els gossos bordant. Com estan ells? Els captaires, vull dir.

—Captaires? T'han demanat almoina?

—No siguis capullo. Ja m'entens. Dormien en una merda de parc a l'aire lliure. No estan aquí d'Erasmus. Captaires els defineix bé.

—Estan prou bé. L'Olivares ho va arreglar tot. Em posa histèric perquè mai sé què carai pensa, però he d'admetre que és bo gestionant crisis.

—Els ha contractat de tertulians?

—Els ha pagat una setmana en una clínica privada, a tots. Als ferits i als que no. Perquè es recuperin o els serveixi de balneari. Aquesta gent sempre té tuberculosi o gangrena o alguna cosa d'aquestes, no?

—I després sóc jo el que no té ànima?

—Que tu siguis un malparit no vol dir que jo no pugui ser un bèstia quan vull rebaixar la tensió.

El David el va abraçar.

—T'he trobat a faltar.

—I jo. Però l'Olivares m'ha prohibit expressament que anés a veure't. Si estàvem junts hauríem oposat més resistència...

—No t'entenc.

—Mentre vosaltres estàveu a l'hospital, ens ha tocat reunir-nos amb el departament legal. El Cuyàs en persona. I el Reverte escridassant-nos.

—Ha tornat a fumar?

El seu amic va assentir amb el cap.

—Llavors estem fotuts.

—Ha estat horrorós, David. Molta pressió. Podrien haver tancat el programa pel que va passar. I sort que hem tallat l'emissió quan ha començat tot l'infern. Fins i tot amenaçaven de deixar-nos sols si arribaven demandes. La típica ONG que s'avorreix i et munta un ciri per aconseguir atenció mediàtica. He fet el que creia més necessari. He hagut de pactar. Però millor seguir que acceptar el fracàs, no? Perquè cancel·lar el programa era enviar a la merda les nostres carreres. Que això no és els Estats Units i els directius no valoren la gent que se l'ha fotut.

—Què has fet?

CAPÍTOL 24

El Likatron acabava de fer els 19 anys i vivia amb els seus pares, però guanyava més de 7.000 euros mensuals per les visites al seu canal de Youtube.

A més, una editorial li havia publicat un munt de pàgines escrites per un altre i dibuixades per un tercer, però amb la seva filosofia de vida *youtubera*, que era la manera de dir que s'està venent fum i que el llibre és un cagarro però que el director general havia contractat el llibre i l'editor de taula no volia perdre la feina i que què hi farem, que per un llibre de merda més tampoc es morirà ningú, i havia estat un èxit de vendes.

El cràpula que li feia de mànager havia vist que era més rendible i fàcil promoure xavalins d'internet que produir sèries i pel·lícules amb un equip ple de talent. Ara intentava com fos col·locar el Likatron a la tele perquè així encara podria pujar el caixet dels bolos uns 3.000 euros més, i podria pagar la pensió dels tres fills sense treballar més de 4 dies al mes.

El mànager era amic del Serra de tota la vida, i des que va assabentar-se del primer càsting, li va trepanar l'orella amb la malícia dels obrers que comencen a picar a les 8.05 del matí. Si el programa volia arribar als joves, necessitaven un *youtuber*.

Després de l'incident amb els vagabunds, el Toni i el Likatron van entrar al plató-caserna junts.

El director s'havia d'empassar la ràbia per la situació però cada càmera que el gravava ensenyava la seva preocupació.

—Hola, gatets i gatetes! Aquí arriba el rei de les xarxes! 🎉 Likatron!! 🎉 —va cridar el nano només obrir la porta, fent el seu crit de guerra de cada vídeo, i deixant enrere el Toni.

Amb la minicàmera que duia enganxada a la mà va fer una passada per les cares de sorpresa i ira amb què el rebien.

Es va aturar en els ulls del Roca.

—Ui, el Lobezno de la colla. No hem esmorzat fibra avui o què?

El Roca el va agafar per la samarreta, el va aixecar a pols i el va estampar contra els fogons.

—Acabes d'arribar i ja em caus malament. No vull brometes ni sentir la teva veu d'impertinent.

—Eh, eh —deien els altres mentre intentaven separar-los.

—Si m'afarto de tu, et cremaré la cara i se t'acabaran els vídeos.

—Roca! —va cridar el David.

I l'expresidiari va deixar anar el nano.

—Carai, quin mal beure tenim, eh? —va bromejar el *youtuber* com si encara estigués protegit a la seva habitació i tingués permís per burlar-se de la humanitat sencera—. Has provat alcohòlics anònims? 🍺

El Roca li va prendre la minicàmera per llançar contra la paret.

—Ei, que era nova!!

El David va fulminar el Toni amb la mirada, perquè el seu amic havia esclatat en riallades.

—No he aplaudit, però en tenia ganes, eh. Maleïts *youtubers*... —li va dir el director ensenyant-li les mans desarmades.

—Ets el Toni? —va preguntar la Diana en sentir-li la veu.

Ell va somriure i ella se li va llançar al damunt, per abraçar-lo.

—Tenia tantes ganes de coneixe't! —va dir la noia.

I ell només va poder notar que la Diana feia olor de somnis.

I que els seus cabells li havien anat a la boca, que era una de les coses que més fàstic li feien.

Va tancar els ulls i va deixar que els seus caps es toquessin en aquell moment meravellós que superava qualsevol esperança seva.

—Eh, que t'empalmes i li trauràs un ull, pixabrava! 🤣 —va cridar el Likatron.

L'abraçada es va esfumar amb una pluja de vergonya, que la Diana va dissipar amb una mirada d'odi al *youtuber*.

—Que t'han donat molt Red Bull, els teus pares? Calma't una miqueta, nano. Que aquí dins tot es magnifica. I un gilipolles magnificat no el vol ningú.

—*Smiley* trist 😢 —va dir el noi, posant una cara patètica.

El van ignorar tots, per centrar-se en el Toni.

El David li va aixecar la mà com si hagués guanyat un combat de boxa i va proclamar:

—Aquest és el meu campió, el director del programa i amic inseparable durant tota una vida d'èxits. Bravo pel Toni Manso!!

Tots van aplaudir, menys el *youtuber*, que s'ho mirava amb recança.

—A mi no m'ha aplaudit ningú i sóc més famós. 😡

—Gràcies, gràcies —va dir el Toni—. Em fa molta il·lusió estar amb vosaltres en persona i no a través d'un trist micròfon. Bé, com a director del programa us volia donar una bona notícia.

—La dolenta l'acabem de veure —va tallar el Roca—. A part d'aquest retardat, a qui més haurem de suportar?

—A mi.

La Diana va iniciar els aplaudiments, que la resta van convertir en càntics de camp de futbol.

—Té sentit. En tots els grups hi ha el gordo friki, no? 😜 —va dir el Likatron.

CAPÍTOL 25

Per compensar l'accident amb els sense sostre, les següents missions dels Sentinels van ser tan políticament correctes que fins i tot els crítics més ferotges no van trobar ni la més mínima escletxa per atacar.

Van començar amb visites a refugis d'animals per treure a passejar gossos, residències d'avis per ajudar a l'hora del dinar i, el que no fallava mai, les plantes infantils dels hospitals de la ciutat, portant regals i fent-se fotos amb tots els nens.

Fins i tot van ballar amb ells, perquè ja se sap que a la tele la gent ballant dóna audiència, i més amb nens malalts.

Tanmateix, el Demolidor ja feia anys que hi anava, per pura bona fe i ganes d'ajudar, i totes les infermeres el coneixien i l'abraçaven. I ell va encomanar l'entusiasme a la resta.

—Durarà molt aquesta farsa? Tinc ganes de fumar —es queixava el Roca, mirant-s'ho amb els braços creuats.

—Vols fumar en un hospital davant de nens amb càncer? —el va renyar la Diana.

—Si em demanen una calada no els en donaré. No sóc tan cretí.

El David agafava nens en braços per fer-se *selfies* i alhora, quan la Diana i la Jessica no miraven, repassar les infermeres.

La seva prioritat seguia sent les seves companyes d'equip, que se li resistien i això el posava de mal humor, però sempre s'havia de tenir un pla B, C i de vegades P, si calia.

Després, per insistència de la Rosaura, van anar a caçar carteristes al metro.

—Producció ha avisat que venim, no? —va preguntar el David—. No vull que els segurates se'ns tirin al damunt.

—Jo què sé. Espero que sí. Si patrullo amb vosaltres no puc estar per tot —va dir-li el Toni.

—Per això et necessito a la sala de control.

—Però el Reverte i companyia em volen aquí.

—I tu també, no? Qui va insistir més perquè fossis un de nosaltres? Ells o tu?

El Toni es va mirar el seu amic. Després de tota una vida junts, sabia quan feia broma i quan feia servir l'humor per treure tota la seva ràbia.

Però aquest cop no sabia cap on decantar la balança.

—M'agrada viure aquest somni junts —va dir, intentant que no sonés a discurs d'actoret que vol que l'agafin en un càsting.

—Mentre sigui un somni dels dos, a mi també —va sentenciar el presentador baixant les escales mecàniques de l'estació.

No els calia preocupar-se per segurates perquè a l'estació no se'n veia cap.

Només hi havia una dona gran d'uniforme, protegida darrere dels vidres de la seva cabina, que contemplava com un de cada tres passatgers es colava passant enganxat als ciutadans, honrats o imbècils, que pagaven amb la seva targeta.

—No passareu! —va cridar el Demolidor, agafant-ne per la samarreta dos que intentaven colar-se alhora.

—I tu qui ets, capullo? —li van escopir.

—És Gandalf!! «No passaràs!» Contra el Balrog —va aclarir el Toni quan ningú li reia l'ocurrència—. *El Senyor dels Anells.* No? Però si l'ha vist tothom!

—Necessiteu bitllet per poder passar —els va explicar el Demolidor com si parlés amb nens de guarderia.

—Ja ho sé, imbècil! —el va escridassar un dels retinguts.

—I per què no pagues?

—Perquè el servei és una merda i és molt car.

—Si ningú paga, encara serà més difícil gestionar-lo bé. Sigues cívic.

—Que et bombin, pallasso! Ja entraré per l'altra boca —va dir l'altre, marxant cap al carrer.

—T'ha trolejat! 🤣 —va riure el Likatron.

—Si no ens respecten en una gestió de merda, no ens respectarà ningú —va sentenciar el Roca, caminant cap al que pujava les escales.

El va estirar per la cama i el va fer caure de morros contra els esglaons.

L'home va poder parar el cop amb les mans però la sang li va començar a rajar del nas com en una orgia de pots de quètxup.

Sense pietat, el boxador el va arrossegar fins a les màquines expenedores de bitllets com si fos un sac de patates.

—Què collons fas? —cridava l'home mentre escopia sang.

—Ensenyar-te respecte.

—Policia! Crideu la policia!! —xisclava l'home desesperat.

—Ara creus en el sistema? Vas tard, radical!

El Roca va estampar-lo contra la pantalla de la màquina.

—Compra una targeta mensual.

—Vés a la merda…

—Posar el pin de la Visa et serà més fàcil sense els dits trencats.

—Ajuda! M'estan robant! —cridava l'home.

—Quan tu robaves a la ciutat no cridaves tant. Paga l'abonament.

—Si només volia fer un trajecte.

—Així compenses totes les vegades que t'has colat.

—Si només era avui, per necessitat!

El Roca li va treure el mòbil dels texans.

—El teu telèfon costa 600 euros. O l'has robat i encara ets més criminal del que sembles o si hi ha diners per al telèfon hi ha diners per al metro. Paga, cabró!

Mig tremolant, l'home va introduir la seva targeta de crèdit i va comprar l'abonament mensual.

—Veus com no era tan difícil? Apa, que tinguis bon viatge —el va acomiadar el Roca.

—Troll trolejat, troleig al quadrat! 🕺 —va ballar el Likatron, fins que el Roca el va fer callar amb una mirada.

—Les teves brometes rebaixen la intensitat del que intentem ensenyar aquí. A la vida no cal parlar tant.

—*Epic fail, man*! 🙁

El Roca va rebufar i va trepanar amb la mirada l'altre home que s'intentava colar, que ràpidament va ensenyar-los la cartera oberta i va córrer a comprar una altra targeta.

—Sou uns feixistes! —els va cridar després de validar el viatge i estar protegit a l'altra banda pels vidres de la barrera.

—Vigila que no rellisquis, que el Roca et faria el boca a boca —va cridar el Guillem.

La gent que s'havia anat ajuntant a l'estació com a voltors curiosos va aplaudir.

Els Sentinels van donar mans, van signar autògrafs i es van fer fotos amb els viatgers.

—Milers d'euros gastats en entrenament i equipament i ens aplaudeixen per fer que dos capullos paguin el metro —va dir el David.

—És que els petits canvis són els que marquen la diferència —va dir el Toni.

La treballadora de l'estació els va felicitar i els va obrir les portes perquè passessin.

—Trolegem els que no paguen i després nosaltres passem gratis. Som els Vip dels Vip ✌️ —deia el *youtuber* a càmera.

—No pot caure a la via sense voler? —va comentar el Toni—. Ens fot dels nervis a tots.

—Ens dóna audiència jove —va dir-li el David—. I nosaltres a la seva edat a la ràdio també ens mereixíem un cop de peu als ous...

—A vegades em fa riure —va dir la Diana.

—No, si a mi també —van contestar els dos amics alhora, en una cursa per veure qui mentia amb més contundència.

CAPÍTOL 26

Com que els vagons del metro estaven connectats, van poder patrullar per tots sense haver de baixar i canviar-se a cada estació.

A diversos joves els van fer aixecar dels seients reservats perquè hi pogués seure gent que els necessitava de veritat, a un altre li van fer recollir les closques de pipes que tirava a terra amb total impunitat, i van silenciar el reggaeton d'un mal educat que estava obligant tot el vagó a escoltar la música del seu mòbil.

La Jessica anava girant el cap a tort i a dret mentre avançaven.

—No pateixis, que no t'abandonarem —va tranquil·litzar-la el Demolidor.

—Ja ho sé. I tu menys que ningú. Busco el meu pare. Cada matí agafa aquesta línia per anar a la feina.

—Està prohibit parlar amb familiars i amics fora de les gales.

—Les normes hi són per trencar-les, no? No enyores els teus?

—I tant! Però amb vosaltres em sento com en família. A casa som 4 germans, els pares, l'àvia i la tieta. Semblem una família italiana. Per això m'he integrat tan bé a l'equip. Ja venia preparat de casa.

—Ara ja sé que tens 4 germans. Aquesta pista redueix opcions per descobrir la teva identitat.

—Jo sóc aquest —va dir el lluitador, assenyalant-se la màscara—. La cara que hi ha a sota és només un camuflatge per caminar entre els mortals.

—Ets un friki —va riure ella, còmplice—. I t'ho diu una que es disfressa de Catwoman des dels dos anys.

Després d'una bona estona patrullant pels vagons, van asseure's en un banc de l'andana a descansar, mentre els nanos d'un institut que anaven a matar l'estona a algun museu els assetjaven demanant fotos i autògrafs.

—#Mortperselfi!  —bromejava el Likatron mentre es tirava al damunt del grup d'adolescents, rient amb ells.

—L'adoren —va comentar-li la Diana al Toni.

—Són adolescents. També adoren els píercings, els tatus i Los 40 Principales —va remugar el director.

—I tu no, quan eres com ells?

—A la seva edat jo ja intentava escriure novel·les i m'havia llegit un munt de Compactos Anagrama.

—Sempre has estat un vell rondinaire.

—Però m'agradava Roxette.

—I a mi la Britney Spears i els Back Street Boys… Tenia l'habitació plena de pòsters de la *SuperPop*.

—Buf, marxa amb aquests nanos, que ja no et podré mirar a la cara —va riure el Toni.

Quinze minuts després, la Rosaura va assenyalar dues romaneses que fingien ser turistes amb gorra i mapes i que entraven a un vagó i s'apropaven a un grup de japoneses velles vestides d'excursió.

—Aquelles dues no paren. Cada dia me les trobava.

—En marxa! —va dir el presentador, fent-los entrar al vagó mentre es tancaven les portes.

La dona volia treure el seu megàfon quan el David la va aturar.

—A mi no em cal megàfon.

Va comprovar que el Toni l'estigués enquadrant bé amb la càmera del casc i el va fer seure amb la mà.

—No estic cansat.

—Si m'agafes des de baix quedarà tot més èpic. Però no em treguis papada, eh.

—En el teu cap segueixes sent el nen gordo amb complexos.

—Això editeu-ho. No vull que surti —va dir directament a càmera, tapant l'objectiu del casc del Toni.

Després va apartar la mà, va agafar aire i va cridar:

—Vosaltres dues! Se us ha acabat robar carteres!

—Carteristes a bord! —va afegir la Rosaura amb el megàfon.

El presentador la va mirar amb ràbia abans de caminar cap a les falses turistes.

—Mireu-vos moneders i motxilles! Aquestes dones són carteristes —anava dient.

Les dues dones van intentar ignorar-lo, girant-se cap a la porta del vagó i esperant que la següent parada arribés aviat.

El grup de japoneses desconcertades s'ho miraven tot com si fos una desfilada de pokémons gegants.

Fins que una d'elles va veure que duia la motxilla oberta i es va posar nerviosa.

—Tranquil·la, Sentinels al rescat! —va somriure'ls el David.

Es va posar darrere de les dues dones i va dir amb la seva veu més tronadora:

—Torneu-li la cartera.

Les dues dones ni es giraven mentre ja arribaven a l'estació.

—La cartera de la xinesa, cony!

Va aferrar una de les dones per la motxilla:

—Si us la prenem nosaltres us farà mal.

La carterista es va girar i li va escopir a la cara:

—Malparit!

L'altra ja accionava la maneta de la porta per obrir-la, mentre el David dubtava si controlar la ràbia o tornar-li l'escopinada.

Finalment, li va escopir de tornada.

La primera carterista va sortir a l'andana, estirant la segona.

El David va prémer l'alarma d'emergència per retenir els vagons a l'estació.

Les dues dones avançaven per l'andana quan la Diana i la Jessica se'ls van acostar i la Rosaura va aparèixer al seu costat, sortint per la porta d'un altre vagó.

—Lluita de noies! Poseu-vos oli i jo em posaré *palote*! 🐶 —va cridar el Likatron.

—Torneu-li la cartera —va ordenar la Rosaura.

—Has vingut acompanyada perquè tu sola ja no pots, vella? —es va mofar una de les lladres.

—Sempre són així d'estúpides? —va preguntar la Jessica.

—Saben que no els passa res si roben menys de 400 euros. Si els agafen tornen al carrer en mig dia.

Les dones van avançar a empentes.

La Jessica li va fer la traveta a una, que va caure xocant contra un dels bancs de l'estació.

—Cabrona! —va cridar l'altra—. Us denunciarem!

La Diana va retorçar el braç a la cridanera mentre l'escorcollava.

Li va trobar al damunt dues carteres, que va llançar al David.

El conductor va treure el cap per la seva finestreta mentre un parell de segurates obesos i grans arribaven amb parsimònia des de l'ascensor.

El David li va tornar la cartera a la turista, que encara seguia commocionada.

—Som els Sentinels i el format ens l'hem inventat nosaltres. No ens copieu la idea i en feu un manga, eh —va bromejar.

CAPÍTOL 27

L'Olivares es va fregar la cara després de visionar tot el material amb el Toni.

—Cada cop estem més sincronitzats. D'aquí res semblarem un supergrup de veritat —va somriure el director, orgullós—. I poder editar el material en comptes de retransmetre'l en viu ens ajuda a polir els moments més avorrits, que encara en tenim algun.

—I tant que ho editarem! Un expresidiari apallissa un home al metro i, per si no n'hi hagués prou, lesioneu una dona romanesa. Assalt, racisme, violència de gènere... Saps la imatge que dóna això?

—El tio era un imbècil que es volia colar i ella era una fotuda carterista. I va caure ella. No és com si li haguéssim clavat una coça a la cara.

—Ja ho sé, que era una carterista. Només ho heu dit 20 vegades, al vídeo. Però no se'ls pot posar la mà al damunt. Si la policia no pot, i és la llei, vosaltres tampoc. No esteu en un còmic. No us podeu prendre la justícia per la mà.

—I llavors de què servim, si no podem fer res? —es va queixar el Toni.

—Sembla que no hagis passat mitja vida a la tele... Serviu d'entreteniment per a l'audiència. Si ajudeu una mica, millor, però som una empresa i als accionistes els és igual si una japonesa recupera la seva cartera o si un polític corrupte li posa les banyes a la dona. Volen bons números. Jo us entenc i us valoro, però a mi em paguen els accionistes i la meva feina és aconseguir resultats.

—Doncs ens hauries d'aconseguir algú per poder-li pegar —va dir, frustrat, el Toni—. Si no, de què serveix entrenar-nos com bèsties si després no ho podem posar en pràctica? Que a mi m'ha costat molt seguir el ritme del Carranza per ni arribar a *fofisano*.

—Tu has vist que a *Gran Hermano* es barallin amb cap delinqüent? I bé que té una audiència brutal.

—Nosaltres no som com els de *Gran Hermano*. Sabem llegir tots —va dir el director abans de marxar indignat de la sala d'edició.

L'Olivares va mirar la porta durant uns segons. Li queia bé, el Toni, i sempre tenia idees molt interessants, encara que es notés massa que la tele li feia fàstic.

Sense un enemic, els Sentinels no eren més que un Carnestoltes amb pressupost.

Però ell ho arreglaria, com ho arreglava tot.

CAPÍTOL 28

Amb els seus vidres transparents que deixaven veure totes les màquines i els quatre desgraciats que hi suaven, el gimnàs 24 hores semblava la peixera d'un restaurant.

I l'Olivares se'l mirava com el client que vol triar el millor llamàntol viu per menjar-se'l sense compassió.

Li era igual que fossin les tres de la matinada. Li costava dormir i pel que veia, al Jonathan Medrano, també. L'havia trobat amb facilitat al Facebook, on cada matinada es feia *selfies* i vídeos mentre entrenava i renegava contra el seu destí injust a tothom que el volgués veure i escoltar.

L'executiu havia de dedicar el seu temps a molts assumptes urgents, però les xarxes socials de l'actor l'havien absorbit amb una fascinació inimaginable.

Al seu mur, el Medrano s'havia barallat amb amics i companys de professió, havia criticat totes les cadenes, teatres i pel·lícules possibles, s'havia enemistat estúpidament amb molta gent, i després s'havia preguntat mil cops per què ell no era digne de triomfar com els altres.

Segurament un bon professional l'hauria d'observar i tractar o com a mínim donar-li medicació, perquè la que prenia no li estava fent efecte.

Potser aquesta tendència autodestructiva era dolenta per als que tenien la desgràcia de coneixe'l, però per als que simplement el seguien per Facebook era una autèntica font de diversió culpable. Com qui mira un suïcida en un terrat, desitjant no voler mirar i alhora esperant que salti d'una vegada per no perdre-s'ho.

Des del semàfor del davant, mentre passejava el seu pastor alemany que havia portat en el tot terreny, l'Olivares podia observar la seva presa sense despertar sospites, si és que la gent que va pel carrer a les tres de la matinada pot semblar innocent.

L'actor entrenava amb una energia trasbalsada, insensata, de bèstia rabiosa. Tampoc durava gaires repeticions en cap màquina, i sempre deixava anar els ferros de l'aparell amb un crit com si estigués competint a la final dels Jocs Olímpics. No tenia ni bona tècnica ni semblava que la seva musculatura notés gaire tot aquest entrenament. O potser feia poc que s'havia apuntat al gimnàs.

L'Olivares l'observava amb ull de corredor d'apostes que es mira els cavalls a l'hipòdrom. El cabell se li veia brut i descurat, la barba de tres dies no li quedava com als actors que ell devia voler imitar, i els braços, tot i que forts, no estaven prou musculats per resultar vistosos per a la càmera. Tot això, sumat al seu caràcter, feia poc desitjable contractar-lo per a la tele.

Tanmateix, el Jonathan oferia un aire d'animal imprevisible, de veí pirat que esbudella la dona en samarreta de bàsquet i bermudes, i que després plora a la policia perquè ella no l'estimava.

Algú de qui els veïns no dirien que era bona persona ni que sempre saludava.

Algú a qui es podria culpar de qualsevol bogeria.
Era justament l'adversari que els Sentinels necessitaven.

CAPÍTOL 29

El tot terreny va aturar-se just al costat del pas de vianants, quan el Jonathan Medrano sortia del gimnàs amb la bossa.

—Aprèn a conduir, imbècil! —el va escridassar l'actor, tot i que la distància era prou considerable perquè mai l'hagués atropellat.

—Puja —va dir l'Olivares després de baixar la finestreta.

—Vols que et parteixi la cara? No sóc un *boy*, marica!

—Vols ser famós o no?

—Ja sóc famós. Sóc un dels Sentinels, el programa de moda.

—Vas sortir dos minuts en la primera gala. I ensenyaven com et vas barallar al càsting i et feien fora.

—Vaig dimitir jo! No m'agrada treballar amb gent falsa. Estava tot preparat. Ja sabien qui havia de guanyar i jo no m'agenollo, jo no accepto complots.

—És una curiosa manera de veure la realitat.

—M'estàs dient mentider? Surt del cotxe i digue-m'ho a la cara.

—Deixa't d'excuses i puja. Pensava que mai tenies por de les aventures —va desafiar-lo el directiu.

—Qui cony ets?

—Puja i ho sabràs.

—Si em fots mà, et juro que et mato a cops de cap.

L'Olivares va somriure. Aquella ràbia autèntica era el que els espectadors necessitaven.

L'executiu no va apartar la vista del carrer, cosa que va inquietar el Jonathan. Gairebé tant com tenir un pastor alemany assegut als peus mirant-te fixament a punt de mossegar.

—No pots posar el puto gos al maleter?

—El gos és família, tu no. Si haig de triar, aniràs tu al maleter.

L'actor va tancar els punys.

—Està ensinistrat pels millors entrenadors. A una ordre meva t'arrencarà els ous. Val més que et relaxis.

—Què vols de mi?

—Obre el sobre groc.

Estirant-se sense comoditat ni gaire flexibilitat, el Jonathan va agafar el voluminós sobre que hi havia al seient del darrere.

—Què hi ha aquí dins?

—Per què perds el temps preguntant coses que pots esbrinar tu mateix?

L'actor va obrir el sobre. A dins, hi havia correus impresos, cartells d'actuacions, i fotografies seves. Moltes fotografies.

—He fet que et vigilessin. Aquí trobaràs una còpia del teu correu personal, amb tots els missatges assetjadors a veïnes, companyes de feina i desconegudes del gimnàs. Una relació de totes les actuacions que has cobrat en negre en els darrers anys. Les últimes vegades que has comprat droga. Tot són delictes. No de sang, és clar. Però tens molta cosa a amagar.

—Et mataré!

L'Olivares va frenar en sec i l'actor va picar de cap contra el vidre.

—Calla i no ho espatllis. Si vull, et puc ensorrar la vida. Així que més valdrà que em facis cas. El que t'expliqui no pot sortir d'aquí.

—Eh, jo sé guardar un secret!

—Ets un bocamoll. I menteixes molt malament. Però aquest secret el guardaràs pel teu bé. Tu i jo no hem parlat. Et donaré tot el que vols: fama, fortuna, i l'oportunitat de venjar-te.

—I què haig de fer?

—Simplement ser tu mateix.

CAPÍTOL 30

La nova missió dels Sentinels va començar quan van aparcar el minibús en el pàrquing d'Útero, una gran discoteca que dominava una zona poligonera.

—Festa de gatetes ensenyant les tetes!!! 😽 —va udolar el Likatron.

—El que acabes de dir és totalment masclista, i et fa quedar com un imbècil hormonat que només valora les dones pel seu físic —el va renyar la Diana.

—Dona, té 19 anys. Li toca ser un imbècil hormonat —va excusar-lo el Morales—. Ens ha passat a tots.

—Si es respectessin les dones, jo no hauria hagut d'anar a la presó —va intervenir el Roca—. Ella sembla un manual de civisme i feminisme, i em cansa molt sentir-la amb els seus sermons a cada moment, però en el fons té raó. Les paraules mai són innocents. I porten a l'acció. I hi ha accions que han de ser castigades.

—Amb vosaltres no se'm posarà mai dura! 👎 —es va queixar ell.

—No m'obliguis a pegar-te, que em surt sol —va rebufar el boxejador.

El David i el Toni se'ls miraven com dos pares que es plantegen si abandonar els seus fills entremaliats en uns grans magatzems.

—Intenteu no ser gaire agressius —els instruïa el Toni—. Recordeu que no som la policia. I recordeu que amb els vostres cascs vosaltres mateixos sou els càmeres. No us tapeu els uns als altres. I quan parleu amb la gent, busqueu les zones il·luminades del pàrquing. Estem fent un programa de tele, no una pel·li de terror. Que el *youtuber* pot ser un capullo, però sap enquadrar i el seu material sempre l'aprofitem, i els altres encara no sabeu ni mantenir el cap quiet perquè les imatges no maregin.

Es van desplegar amb els alcoholímetres.

La seva missió era conscienciar els joves de no conduir beguts.

—Mitja vida amb campanyes de la DGT i ara nosaltres en una nit evitarem els accidents per sempre més? —es va queixar el Morales—. Si la gent no controla, que es fotin.

—Som un model per als joves. Ens escoltaran —pregonava el Demolidor—. I si algú vol agafar el cotxe borratxo, li faig l'esquat i punt.

Els primers grups de joves a qui es van atansar els van voler convidar a *botellón*, es van fer *selfies* amb ells i van tirar tota mena de floretes bèsties a la Jessica i la Diana.

El Guillem els va piropejar a ells i van marxar ofesos.

D'altres, visiblement beguts, no van voler bufar l'aparell.

—Aquí, si algú ha de bufar, són elles dues —va riure un imbècil.

La Diana li va estirar el braç, l'hi va retorçar i el va fer caure a terra amb la mateixa clau.

—Ets un mal educat i la beguda no et fa millor persona. Segurament et mereixes una bona lliçó. Però si te la fots amb el cotxe em sabria greu per la teva família i per si t'emportes algú pel davant. Dóna'm les claus o et trenco el braç.

—Eh, què li esteu fent? —van cridar uns que pixaven entre cotxes propers.

—Vine i et farem el mateix, capullo —va amenaçar el Morales.

Els nois es van cordar la bragueta i van escopir una mica, però finalment van marxar.

Uns minuts després, el David va saltar damunt del capó d'un cotxe i flexionant les cames va pujar al sostre.

Des d'allà, amb la capa onejant, va contemplar tot el pàrquing:

—Això és massa gran per cobrir-ho en grup. Ens haurem de separar.

—Jo em demano el grup que vagi a la disco. Necessito anar al lavabo —va dir la Jessica.

—Per què no hi anaves abans de sortir de la caserna?

—Ja hi he anat.

—I no et pots esperar? O anar entre dos cotxes? —va preguntar el presentador amb desgana.

—Tinc la regla.

—Està bé, vés-hi.

—És clar que hi aniré. Pensaves prohibir-me anar al lavabo? Que no estem a primària. Només vull anar-hi acompanyada. Així vestida no vull que em confonguin amb una gogó.

—Jo t'acompanyaria, però no vull entrar allà dins. Segur que em reconeixen i m'angoixa la gent. Tinc milions de seguidors i tots volen matar-me a *selfies*. *Selfie*!!! —va rondinar el *youtuber*—. No ho suporto. 😫

—Si són com tu, s'entén —va rondinar el Roca.

—Jessica, jo aniré amb tu —va dir el Toni—. Jo sempre puc pixar. Com a superpoder és una merda, però és el que hi ha. Ve algú més?

—Escolta, que no és una excursió, això. Estem patrullant —va queixar-se el David.

—Quan patrullem, també pixem —va dir la Diana.

—Bé, qui hagi d'anar al lavabo que hi vagi ara. I els altres, dividiu-vos en grups de tres o quatre i cobriu el perímetre.

—Em puc quedar al minibús? 🙏 Aquí no hi ha wifi —va dir el Likatron.

—Si t'has apuntat és per viure aventures. Patrullaràs amb mi —va dir el David—. Vinga, cap als borratxos i els drogats. Aquesta nit ningú agafa un cotxe si no controla.

—Els drogats deixeu-me'ls a mi. Si són guapos, els escorcollo jo —va somriure el Guillem.

—I això no és ofensiu per als tios? —es va queixar el Likatron—. Si ho dic jo de les noies no pot ser, però si ho diu ell, com que és gai, està ben vist? 😠

—Ell ens cau bé, xaval —va rebufar el Morales.

CAPÍTOL 31

Els vigilants de l'entrada els van reconèixer i es van fer fotos amb ells, però el Toni va haver de pagar igualment per entrar.

Va esperar la Jessica fora del lavabo de dones com un cavaller, o pensant que això és el que faria un cavaller.

Per davant d'ell van passar unes vint noies, cada una espectacular a la seva manera, cada una més tatuada o enjoiada que l'anterior. Les va repassar de cua d'ull, sense atrevir-se a mirar-les directament, i va pensar que cap d'elles, per cenyida o maquillada que anés, podia superar la Diana.

Cada cop que ell aconseguia seure al seu costat, ella li reia els acudits o li demanava consell. Potser ho feia perquè no deixava de ser el director del programa, esclar, i si el tenia content, ella seguiria a la tele. Però… i si simplement s'ho passava bé amb ell? Esclar que el David ho tenia tot, però també queia malament d'entrada, a segons quines persones. Els havia passat tota la vida, molt abans que el presentador triomfés a la ràdio i el colés a ell com a guionista.

L'un era el guaperes que les enamorava i l'altre era l'osset que les escoltava quan ell les deixava. Perquè consolar era el seu deure i perquè mai se sap si alguna es voldria venjar del David embolicant-se amb el seu amic.

Això encara no havia passat mai, però en el seu cap era un pla que podria funcionar.

Però amb la Diana res encaixava en experiències passades.

—Pensant en la Diana? —va preguntar la Jessica en sortir del lavabo.

—Què?

—Fa mig minut que he sortit i tu estàs aquí amb la mirada perduda.

—Jo no... La Diana no... —va intentar dir el Toni sense convicció.

—No estem a l'institut, saps? A tots els *realities* i *talent shows* surten com a mínim un parell de parelles. Només som tres noies i no crec que cap vulgui anar-se'n amb la Rosaura. Que potser te l'estàs fent i es posa a fer sonar el xiulet o a cridar amb el megàfon. T'imagines?

—Per favor!! Que em marejaré!

Els dos es van posar a riure.

—Però com saps que...? Vull dir que...

—Fa 5 anys que sóc *cosplayer*. Ho sé tot sobre sentir-me observada. Sentir-me fotografiada amb el mòbil dissimulant. Sentir-me seguida fins al portal de casa, simplement per veure on visc. Sentir que els tios no et miren a la cara, només als pits.

—Perdona, però jo... Era sense voler. No...

—Calla, tonto. Era el que et volia dir. Tu vas mirar el primer dia, com mira tothom, perquè l'ull busca el color i el moviment, com els toros. Però només la mires a ella. Això una dona ho nota.

—Però ella t'ha dit alguna cosa?

—Què creus? Que ens fem confessions abans d'anar a dormir sobre els nois que ens agraden? Ens estem prenent el programa molt seriosament i entrenem i ens preparem sempre. Ho creguis o no, les noies fem altres coses a part de pensar en nois i no som aquí perquè ens segrestin i ens rescateu perquè sou molt valents.

—Perdona, no volia dir això. Ja sé que us hi dediqueu en cos i ànima.

—El sexisme està a l'aire, condiciona el nostre pensament, des de petits. T'han programat així i no ho notes, però no és culpa teva.

—Però la Diana... t'ha parlat de mi o no?

—Si no sortim, els altres ens vindran a buscar. Hem vingut a patrullar, no a prendre el te amb amigues.

—Espera, espera. No em deixis així. Heu parlat de mi o no? O s'ha enamorat d'ell? Del David, vull dir. Perquè del Roca, no, del Morales, no ho crec, perquè és un cretí, del Guillem, no, perquè és gai, el Demolidor està sonat i el Moussa...

—El Demolidor és mono. Costa trobar algú amb tanta passió. És com un nen gran.

—T'agrada el Demolidor? —va interrompre el Toni amb el seu instint de xafarder desenvolupat en anys de deixar-se la vida en programes del cor que havien d'omplir hores de tele sense cap material interessant.

—A vegades no cal fer tantes preguntes, senyor director. Deixa't portar pel directe i gaudeix del programa —va dir la noia, anant cap a la sortida de la discoteca.

El Toni es va quedar un moment parat i després la va seguir entre la multitud.

Just quan tots dos ja eren al pàrquing, va recordar que al final ell no havia anat a pixar i ara sí que en tenia ganes.

CAPÍTOL 32

—Eh, aquells d'allà què fan? —va preguntar la Jessica al pàrquing quan ja s'havien reunit amb els altres.

—Llums! —va cridar el Toni mentre encenia el focus del seu braç.

—No cal que cridis, si ets tu mateix qui encén la llanterna —es va queixar el Roca.

—No és una llanterna, és un focus molt potent de mida reduïda. I crido perquè és el meu crit de guerra. Com «és l'hora de les bufetades!» de la Cosa.

—Qui?

—És que no us heu mirat els còmics que us vaig preparar?

—A mi els 4 fantàstics no m'han interessat mai —va dir la *cosplayer*.

—Jo no llegeixo, jo visc —va sentenciar el Roca.

—Santa paciència —va dir el director mentre il·luminava el trio que s'amagava darrere d'un monovolum.

—Què collons feu? —es van indignar els homes.

—És droga! —es va emocionar el Jo Lee—. Som-hi!

—Un moment, un moment —va demanar el Toni—. Recordeu que no som policies. No els podem detenir amb violència, perquè aquesta gent té advocats.

—Som ciutadans que col·laborem amb la llei. I el tràfic de drogues sí que és delicte, no? No veig per què hem de tenir por nosaltres, que som part de la justícia —va dir el Jo Lee.

—Sigueu prudents i discrets i graveu-ho bé.

Un dels homes amb poques ganes de debatre se'ls acostava com una mare amb pressa i amb un carret de la compra ple fins dalt que vol arribar primer a la caixa.

La Rosaura va fer sonar el seu xiulet foradant la foscor de la nit.

—Sentinels! —va cridar.

—Sort que us he demanat discreció —es va queixar el Toni.

—Ho tenim ben gravat! Els puc destrossar ja? —va preguntar el Jo Lee.

—Mans contra el cotxe i cames separades! —va cridar el Roca.

—O què? —va amenaçar un altre dels homes, traient un ganivet.

El Roca i el Jo Lee van mirar el Toni, que es palpava el casc.

—Jo ho he captat tot i estava ben il·luminat.

—O et fotrem una pallissa! —va completar el Jo Lee saltant contra el del ganivet.

D'una puntada de peu li va llançar ben lluny l'arma, però l'altre no es va quedar pas quiet. Se li va tirar al damunt com un pitbull rabiós i els dos van caure a terra.

La Rosaura seguia fent sonar el seu xiulet i el Toni va activar el seu intercomunicador:

—Sentinels, necessitem reforços! Tenim una baralla!

—Ja era hora! —va cridar el Demolidor.

—Venim! —va afegir el Guillem.

—L'acció us espera! —va dir la Jessica.

—Voleu callar d'una vegada? Això no és un grup de Whatsapp! Deixeu lliure el canal per comunicacions urgents —es va plantar el David—. On sou?

—Vols que contestem o vols que callem? Massa missatges contradictoris, capità —va dir la Jessica enfadada.

—Som al pàrquing! —va intervenir el Toni.

—Pots concretar una mica més? Això és enorme.

—Triangulant posició! Bé, això si m'hi veig. Un moment, que aquest trasto no està pensat per a la foscor... Em faig gran, hauré d'anar a l'oculista —va remugar el director.

La Rosaura va treure la pistola de bengales i va disparar al cel.

La bengala de colors va avisar de la seva posició a la resta de l'equip.

I també a dos monovolums més que van arribar a tota velocitat.

CAPÍTOL 33

Totes les portes dels monovolums es van obrir alhora i un reguitzell d'homes fornits que no semblaven pas un tribunal de tesi doctoral van baixar-ne amb ganes de fer mal.

—Per fi una baralla! —va cridar Morales.

—Deixa les bromes per després. Ara pega! —va aconsellar-li el Roca mentre fotia un cop de puny al primer homenot que tenia a mà.

Van xocar els uns contra els altres, més com en un partit de rugbi que com en una baralla d'arts marcials orquestrada per un especialista de Hollywood.

Per bé o per mal, cap dels dos grups buscava contenir-se.

El Demolidor aplicava tota mena de claus salvatges a dos gegants amb xandall, però els companys dels bèsties el van fuetejar amb unes cadenes de ferro a l'esquena sense miraments.

La Jessica va poder estrenar el seu *taser* electrocutador, que va deixar un dels goril·les rebolcant-se en espasmes pel brut asfalt del pàrquing.

El Morales va treure els seus bastons de ferro i es va dedicar a colpejar cames i genolls amb l'avidesa d'un policia que dispersa manifestants.

I el Moussa va començar a fer tombarelles a l'aire i a colpejar amb les cames dos adversaris alhora.

Els Sentinels es van quedar parats. L'havien vist als entrenaments, però en acció era prodigiós.

—Carai amb el mico! —es burlava el Morales—. Per això no xerra! No li cal.

—Jo també ho sé fer, eh —va dir el Jo Lee—. Però em marejo.

—Sembla el Blanka de l'*Street fighter*! —va exclamar el Toni, meravellat de les acrobàcies.

—Els meus pares volien que treballés amb ells a la farmàcia —va dir el Moussa, recuperant l'alè—. Però jo no estic fet per a gàbies.

—Eh, que anem guanyant!! —va cridar, feliç, el Guillem.

I llavors un dels goril·les li va clavar una navalla a l'estómac.

—Si ho arribo a saber, no dic res —va murmurar el bomber abans de caure.

El David va allunyar a cops de colze l'home de la navalla, fins que li va estampar la cara contra el vidre d'un cotxe i l'alarma del vehicle va començar a sonar.

—Sentinel caigut! Replegueu-vos! —va cridar el presentador.

—I una merda! Que s'arrepleguin ells! —va cridar el Roca, colpejant més ferotge que mai.

El Jo Lee, el Demolidor i el Moussa el van seguir, fent recular els adversaris. I el Morales estava desfogant-se tant que ni tan sols va caldre animar-lo.

La Diana es va ajupir a mirar la ferida del Guillem.

—Tranquil, l'armilla ha aturat el cop.

—Sí, sí, però l'ensurt no me'l treu ningú —va dir el bomber, amb la veu tremolosa—. Que a mi el foc em fa respecte però sé com va, però les navalles…

—Segur que està bé? —va preguntar el David, i després va afegir mirant la Diana—: Si et quedes amb ell, jo torno al caos. Que tenim la baralla a mitges.

—Perquè sóc una dona m'haig de quedar al darrere amb el ferit? Ara sóc la infermera del grup? Voldràs que després us posi el termòmetre i us regali una piruleta a tots?

—Em puc quedar sol —va intervenir el bomber—. No vull provocar una ruptura al grup.

—Som un grup massa jove per tenir una *Civil War*. Primer hauríem de tenir una *Era d'Ultron*, una *Guerra Kree-Skull* i unes *Secret Wars* per ser respectuosos amb els còmics… —va apuntar el Toni. I com que tothom el va mirar com si fos un *nerd* inadaptat, va afegir—: Nosaltres el protegim. Aneu, aneu!

—Segur? —va preguntar el David.

—Als entrenaments pensava que això de lluitar seria més divertit. Però és massa fosc i aquesta gent són animals. I encara que siguem un equip, al director del programa no el poden lesionar, eh —va intentar bromejar el Toni, mig acovardit.

La Diana li va picar l'ullet al David.

—Doncs ja em demanaràs perdó després i ara anem a domesticar aquests animals.

I els dos sentinels es van unir al combat.

Després de cinc minuts de cops, crits, ossos trencats i sang amunt i avall, una furgoneta els va enlluernar.

Amb la mandra o l'efectivitat de treure només el braç i l'arma per la finestra sense baixar del vehicle, el conductor va començar a disparar contra el grup.

—Ràpid, a cobert! —va ordenar el David.

—No se m'hauria acudit mai si no ho haguessis ordenat tu, supercap! —va burlar-se el Morales.

Parapetats darrere dels cotxes propers, els Sentinels van veure com els seus enemics pujaven a la furgoneta en marxa.

—Necessitem armes de foc —es va queixar el militar—. Si no, acabarem sempre així.

—Que s'escapen!! —va cridar el Guillem des de terra en veure que la furgoneta de poc els atropellava en passar-los pel costat.

—Ho intenten. Ara em toca a mi —va dir el Toni—. Rosaura! Necessito la pistola i una bengala!

—Però...

—Ara! —va cridar el director i es va sentir entre incòmode i superior.

Va flexionar les cames i amb les dues mans aferrant la pistola va seguir el recorregut de la furgoneta diverses fileres de cotxes més enllà.

—Què cony fas? —es va queixar el Morales—. Si a les pràctiques de tir jo ni encertava una diana a 100 metres.

—M'he passat la vida jugant al *House of dead* i al *Time Crisis* als recreatius. No subestimis mai les habilitats d'un friki.

La bengala va travessar la nit, les fileres de cotxes i les desenes de joves curiosos que ho seguien tot o ho gravaven amb els mòbils.

I va impactar contra la finestra del conductor, que espantat pel cop i cegat per la llum va donar un gir de volant i es va estampar contra un cotxe aparcat.

L'udol infinit del clàxon va acompanyar la lentitud amb què els fugitius van obrir les portes marejats.

El Toni gairebé va plorar d'emoció.

Per fi era un heroi.

Per fi ho eren tots.

—Un gran poder comporta… un gran *share* —va dir-los amb un somriure èpic.

CAPÍTOL 34

Va resultar que els bèsties del pàrquing pertanyien a un clan de traficants dominicans molt buscats per la policia.

La seva captura va sortir a tots els telenotícies, fins i tot a cadenes rivals, amb els Sentinels com a protagonistes.

El portaveu de la policia va elogiar la «col·laboració ciutadana» però va recordar la ingent tasca que duien a terme moltes unitats de diverses forces de l'ordre.

—En aquest país, la llei la fa complir la policia. Per qualsevol denúncia, truquin al 112 i no es facin els herois. Els nostres agents estan de sobres preparats per ocupar-se de qualsevol situació.

Però les xarxes socials bullien amb l'èxit del grup. Per fi la tele servia d'alguna cosa, era el missatge majoritari.

El que havia començat com una paròdia insensata o un experiment pervers ara era un autèntic servei social. La gent del carrer tenia el poder, o com a mínim això deien les promos de la cadena. I el David i el Toni estaven més feliços que mai.

—Ara cap als càrtels de la droga! —va brindar el Jo Lee durant el sopar de celebració al plató-caserna.

—Tampoc us animeu tant —va calmar-lo el Roca—. Hem tingut sort.

—No necessitem sort, si tenim el Toni —va interrompre la Diana—. Quina punteria! A l'acadèmia no he vist res semblant. Un brindis per ell!

El Toni es va posar vermell quan tots van aixecar els gots per ell. Va rebufar i quan anava a xocar el got contra el del seu millor amic, va veure-li una guspira d'enuig als ulls.

—Són anys de pràctica —va treure ferro perquè el presentador es relaxés.

—Segur que també has practicat molt amb la maneta —va dir el Likatron, fent gestos obscens—. Vigileu, nenes, perquè aquest us encerta a cinquanta metres, si va calent. 🤣

El David va deixar anar una rialla salvatge.

—Encara que et facis pesat, ets un crac, nano —va felicitar el presentador, fotent un cop a l'esquena del *youtuber*.

El Toni es va beure el got d'un glop.

—Només una cosa... —va continuar el Likatron—. Ja sé que em teniu mania i tal, no sóc tan retardat per no adonar-me'n, i si poguéssiu veure més enllà del meu personatge, descobriríeu un nano normal, tímid i tal, i que el Youtube m'ha servit per fer amics d'altres ciutats, no sé si m'explico. 😑

—I jo que pensava que estar a la presó va ser dur. Pobre imbècil —va brindar el Roca fent-los riure.

—No ho sé, tios, que no em foteu cas, que semblo la vostra mascota, com un *nerd* i tal, però jo veig el món diferent i hauríeu d'escoltar les meves propostes, que tinc molt bon ull. 👁️

—El del cul, potser. Quan vulguis te'l mira el bomber —va etzibar-li el Roca—. Que encara t'agradaria...

—Joder, com us passeu, no? Els meus vídeos els miren un milió de persones. Això és més que molts programes de La 2. No puc estar tan equivocat. 👿

—El mateix deia Hitler i mira... —va dir el Toni fins que un gest de la Diana el va fer deixar la frase a la meitat.

—I si provem d'escoltar-lo? —va proposar la noia—. Va, digues...

—He estat pensant en el final de la nostra batuda contra els *dealers*. Molt xula i tal, però ens falta més marca. Com a les intros dels meus vídeos. Que la gent quan vegi el logo de la S o senti la nostra frase, ens vulgui imitar. Que els nens la cantin al col·le. 👍

—I un àlbum de cromos, no et fot? —va interrompre el Morales.

—No dic que el Toni no sàpiga de tele, que per això l'han posat de director però... «un gran poder comporta un gran *share*» no té ganxo. La gent no sap què vol dir. 🤷

—*Share* ho sap tothom —va contraatacar el director—. Dir «audiència» és com dir «cinematògraf».

—«Comporta». La gent no sabem què vol dir «comporta». I si no saps una paraula, no la pots repetir com si fos el teu mantra.

—Però en quin carai de zoo t'has criat tu? És el lema de Spiderman adaptat a nosaltres. Té ganxo. Què voleu? Més èpica? «Sóc l'espasa en la foscor. Sóc el vigilant del Mur. Sóc el foc que crema contra el fred, la llum que porta l'alba» —va recitar el Toni mentre els altres el miraven emocionats—. Doncs això ja s'ho va inventar el George R. R. Martin a *Cançó de gel i foc*. Perdoneu per no estar a l'altura d'un geni. Només m'estic encarregant de 50 tasques diferents cada dia mentre vosaltres només heu de fer unes quantes flexions i matar l'estona.

—No ho sé... Potser és veritat que una cosa més curta tindria més força —va reflexionar el David.

—Però si en vam parlar entre els dos...

—I què proposes tu? —va tallar el presentador mirant al *youtuber*.

—Tatxan, tatxan, repic de tambors, misteri, intriga... 🥁

—Parla, collons!

El *youtuber* es va posar dret, va tossir per donar-se importància i va declamar com si estigués fent un càsting per a doblador de pel·lis porno:

—«Vigilem la foscor. / Combatem el crim. / Protegim l'innocent. / Bona nit i justícia!» ✊

El Toni va esclafir a riure.

—És el teu vers de Nadal? Si puges dalt de la cadira i el repeteixes, et dono cinc euros per llaminadures —va rondinar el director, buscant l'aprovació de la resta—. Jo, quan tenia deu anys, als Jocs Florals del col·legi escrivia coses més impactants.

—Toni, Toni, tampoc cal ser tan... —va dir-li la Diana.

—«Bona nit i justícia!» —va repetir el presentador—. El principi és una bona merda, creada per una ment malalta i abominable. Però... «Bona nit i justícia» és curt, té ganxo, i farà unes samarretes collonudes.

Tots els Sentinels es van mirar i van repetir-ho en veu baixa.

—«Bona nit i justícia!» Compro! —va cridar el David, mentre el Toni arrufava el nas.

CAPÍTOL 35

Es van posar a ballar al menjador, amb el Moussa fent tombarelles a l'aire i saltant de cadira en cadira mentre els altres animaven i apostaven si se la fotria.

El Toni necessitava una estona per pensar i no engegar-los a tots a cagar, i va fer el mateix que havia fet sempre per relaxar-se quan hi havia altres adults al mateix pis: rentar els plats.

Durant anys els metges li havien recomanat que fes natació, perquè tragués l'estrès i no perdés tant de cabell, però nedar encara el posava més nerviós. Perquè no feia altra cosa que pensar, mentre esquivava altra gent del mateix carril o vigilava que cap iaio no escopís mocs. Però els plats i l'aigüera sempre li buidaven les cabòries.

De vegades, quan el programa sortia malament o els convidats cocaïnòmans li muntaven una escena desagradable, li costava dormir i es posava a rentar els plats. Encara que estiguessin nets i guardadets al seu armari.

I de vegades pensava com seria la seva vida si tingués una feina manual en un restaurant, desparant taules i rentant plats. Una feina on no s'hagués de preocupar per ningú més, no hagués de planificar vint possibilitats alternatives per si les coses sortien malament i ell havia de calmar la situació. Només plats bruts per rentar.

No era tan diferent de ser un heroi: només calia netejar i netejar, encara que sabessis que sempre hi hauria més brutícia que mans per rentar.

—Ets l'heroi de la jornada i no t'ajuda ningú? —li va preguntar la Diana a cau d'orella—. Dispara una altra bengala a veure si et veuen.

Ell va fotre un bot instintiu amb un crit poc viril.

—Carai, quin ensurt! —va dir quan va veure que la noia reia.

—Saps què m'agrada de tu?

—Que sóc fàcil d'espantar?

—Que sempre dius la veritat. Un altre hauria dissimulat.

—T'asseguro que jo també, si hagués pogut. Però ja he fet tant el ridícul davant teu que hi ha confiança.

Ella li va donar un cop amb el maluc per apartar-lo i posar-se davant l'aigüera de l'esquerra.

—Rentar els plats em recorda la meva àvia.

—És una tassa vivent com la de *La bella i la bèstia*?

—No, imbècil —va contestar ella, mentre li agafava els plats ensabonats i els posava sota el raig d'aigua—. Quan vaig a dinar a casa seva rento jo els plats perquè no es cansi. I ella s'està allà amb mi, preparant-se una infusió. I no cal parlar, però és un moment molt feliç, molt nostre.

—La vida són els petits moments. La resta és màrqueting.

Els dits dels dos es van tocar quan ell li donava un plat que ella ja anava a agafar.

—No et poses guants? L'aigua calenta et farà malbé les mans.

—Total, per al que em serveixen…

—Ets escriptor. Quan signis llibres no voldràs ensenyar unes mans deformes, oi?

Els dos van riure fins que el Toni es va voler rascar el nas pels nervis i es va omplir la cara de sabó, que la Diana va netejar amb el drap d'eixugar els plats.

—M'has dit escriptor. Però jo encara no he publicat res. Si no sé ni escriure lemes que us emocionin a tots, que ha de venir un nenet a corregir-me…

—Tot això que estem vivint és màrqueting, postureig de cara a la galeria, i ho estàs fent prou bé. Però dins teu —va dir, posant-li la mà mullada al cor— ets un escriptor. Jo ja m'ho vaig creure quan m'ho explicaves. Ara només falta que t'ho creguis tu.

Ell va notar la mà al seu pit com si fos el dolent d'*Indiana Jones i el temple maleït* que li volgués arrencar el cor, però en versió romàntica.

—Escolta, tu… o sigui… a veure… tu i jo… Perdona, és que estic molt nerviós. Et vull dir que jo…

—Ja ho sé, el que em vols dir.

—T'ho ha dit la Jessica?

—Gràcies al meu germà em vaig criar entre frikis. És com si et conegués de tota la vida. No cal que ningú em digui res de tu.

—Ah, d'acord —va dir ell, sense saber com agafar-s'ho.

—Em sento còmoda amb tu. I amb això ja n'hi ha prou.

—Llavors… vols dir que… que t'agrado?

Ella el va abraçar de cop i li va dir a l'orella:

—Tanta càmera i tanta gent em posa histèrica. Però quan s'acabi el programa, podem fer un viatget. Tu i jo. Com a parella. Per si ho volies sentir ben clar.

—Ah, molt bé. Sí, bona idea. Vull dir, que...
I ella el va fer callar amb un petó.

CAPÍTOL 36

L'home de la tele li havia donat prou diners per viure un parell d'anys, si se'ls administrava bé.

Però això demanava fugir amb la pasta i cabrejar el cabró del gos perillós. I sobretot, demanava que no es fes justícia. I la justícia era necessària. Ara aconseguiria la seva gran oportunitat. Tothom el coneixeria. Veurien de què era capaç. Demostraria que els de la tele sempre menteixen, que el seu grup d'herois només era una farsa comercial de gent que venia seguretat i esperança quan només volien vendre begudes energètiques i cotxes de luxe.

Ell ho destaparia tot.

Però ho havia de fer bé. I no ho podia fer sol.

Odiava treballar amb altra gent, perquè la gent era estúpida. No l'entenien ràpid, i ell ho havia d'explicar tot. En l'última websèrie que va rodar, els actors li marxaven perquè no entenien l'abast del seu art i només preferien buscar merdes on els paguessin. Si tan sols hagués tingut pressupost, la gent coneixeria la seva sèrie. Tindria els millors actors... No hauria hagut de tirar d'amateurs horrorosos que la cagarien fins i tot fent *Els Pastorets*.

Però ell era llest. Aprenia amb cada nova experiència. La psicòloga sempre li deia que repetia patrons de conducta autodestructiva, però ella era una meuca inepta. Ell aprenia. La seva memòria no tenia límits. I en la seva gran oportunitat no podia confiar en gent que no estigués a l'altura. Necessitava professionals. Professionals que no volguessin ser més que ell. Mercenaris. Que el cobrissin i el protegissin perquè ell era el Cap, el Líder, i no es podia rebaixar a lluitar amb cada mitja merda del grup.

Els mercenaris voldrien cobrar bé, esclar, però ell era un emprenedor i els emprenedors inverteixen en els seus somnis.

I coneixia gent que coneixia gent. Havia voltat tant, treballat amb tanta gent, i sortit de festa amb molts més, que segur que entre tots trobaria la seva força de xoc.

L'Escamot Jonathan.

O els Medranosos.

No, els Medranosos, no, que sonava a grup que fa versions per les festes majors.

Si els *Sentinels* eren l'*statu quo*, ell seria la seva nèmesi, la força que els esclafaria. Força Rebel.

Sí.

La Força Rebel de Jonathan.

No, massa llarg per a Twitter. Només el nom ja esgotaria la meitat dels caràcters.

Força Rebel sonava collonut.

I tothom sabria que ell n'era el líder. Tothom sabia que John Lennon era l'important dels Beatles i que els altres només eren mercenaris que l'ajudaven en el seu somni.

CAPÍTOL 37

Finalment s'havien decidit per màscares de llop.

Els mercenaris volien un passamuntanyes, més còmode per respirar i menys pesat. Però ell s'hi va negar. Un passamuntanyes feia terrorista. I ells no eren terroristes. Ells eren rebels. Una rebel·lió sorprenent que atacava en els llocs més insospitats per rebentar la tranquil·litat de la gent.

Això era el que feien els llops. Atacaven en manada i desapareixien.

Tots anaven de negre, vestits igual. Les seves màscares eren idèntiques. Així mai sabrien quants eren. Només destacava el Jonathan, que s'havia customitzat un casc com el dels Sentinels amb el dibuix d'una calavera. De petit el seu nino preferit era l'Skeletor, el més carismàtic i icònic de tots els Màsters de l'Univers. I ell no podia ser menys.

A simple vista havia de quedar clar que ell era el Líder.

Un home fet a si mateix capaç de derrocar el sistema.

Quan la furgoneta va entrar al pàrquing del centre comercial, el conductor va aparcar a prop de les escales mecàniques. Es posarien les màscares a les escales, perquè a dins d'un ascensor seria més fàcil detectar-los.

I esclar que volien fer-se veure, però abans havien d'arribar a la botiga del patrocinador.

—Pis 1, controlat —els va dir Llop 4 des del davant de la botiga.

—Pis 2, controlat —va confirmar Llop 5 al costat dels ascensors, mirant tota la planta.

—Preparats per saltar a la fama? —va preguntar el Jonathan abans d'encendre la càmera i donar-la a Llop 1 perquè el gravés.

Tots van assentir amb el cap.

Li agradava que parlessin poc. Ell no necessitava amics, necessitava esbirros. I com menys sabés de tots ells, menys patiria si algun moria.

—Benvinguts al xou!! —va dir el psicòpata a càmera—. Som Força Rebel i lluitem per la llibertat. Per una ciutat lliure de falsos ídols, de falses promeses, de falsos herois. Avui us demostrarem que els Sentinels no poden protegir-nos. Perquè ells no són cap solució, són l'autèntic problema.

CAPÍTOL 38

—Qui és aquest tarat? —va queixar-se el Morales quan la seva *tablet* va començar a sonar per l'acumulació de missatges que arribaven enllaçant el vídeo del Medrano.

—La competència, no? Nosaltres en cutre. Un cregut que xerra molt i sicaris cepats per darrere.

—Ara tenim marca blanca? Això vol dir que ja hem triomfat. *Tweet*, *fav* i *follow*!!! 👍 —va cridar el Likatron.

—Deu ser un altre *youtuber* pertorbat amb ànsies de fama. Perdó, quan dic *youtuber* la resta ja va implícita —va dir el Toni per fer riure la Diana.

Alguns dels Sentinels es van acostar al sofà per veure el vídeo. D'altres seguien entrenant al gimnàs.

—D'on ha sortit? —va preguntar el Roca.

—Ho han penjat a totes les nostres xarxes. Volen aprofitar-se dels *followers* que hem guanyat vídeo a vídeo. I això sí que no. Qui vulgui triomfar que s'ho curri 😡 —va dir el Likatron.

Tots els seus mòbils oficials controlats per la cadena van començar a sonar alhora.

Centenars de missatges els avisaven.

Els psicòpates estaven emetent en directe i reclamaven la seva atenció.

El Toni va engegar la tele del menjador i van veure la cara de pànic de la noia que un bèstia amb màscara de llop retenia pel coll amb un ganivet d'aspecte militar.

—Per fi tinc la vostra atenció —va dir el Jonathan a càmera, amb el casc de calavera dissimulant-li la cara—. Ha anat bé la cagada?

Tots es van girar cap al David, que encara aguantava el diari delator a la mà.

—Una cosa és viure amb càmeres emetent en directe i l'altra que ja no pugui cagar tranquil —va contestar el presentador mirant a la càmera que tenia més a prop—. Tu qui ets, pallasso?

—La teva nèmesi —va contestar el Medrano des de la pantalla, com si la distància de quilòmetres que els separava no importés—. El que us destruirà a tots. Sóc... el Doctor Terror.

—Doctor? Sí que us han fotut amb les retallades que has hagut de deixar les guàrdies per posar-te a fer de Joker. O... perdona, per ser metge s'han de fer molts exàmens i als psicòpates us acaben tombant sempre. Tu deus ser doctor perquè has acabat un doctorat, oi? Filologia, potser? T'avorries estudiant Ramon Llull i has vingut a liar-la, imbècil? Envia el currículum al Mercadona i deixa'ns tranquils, Doctor Horror.

—Terror! Doctor Terror! —es va queixar el seu rival.

—Perdó, perdó, nano. Horror és el teu germà gran i Pànic és el petit, i tu ets el del mig i els papes no et feien cas —va continuar el David.

—És de primer de *nerd*. Si ets bo et fas dir Súper o Capità i si ets dolent, Doctor —va afegir el Demolidor—. Si no li has ni dedicat temps al teu nom, quina merda d'adversari deus ser.

—I les màscares de llop ja estan molt vistes. Et creus que ets l'únic que es baixa pel·lis de terror? El David i jo anem al Festival de Sitges des dels set anys, nano. No hem faltat mai, perquè a Sitges no hi pots faltar —va continuar el Toni—. Si vols sortir a la tele, vés a *Mujeres y hombres y viceversa* que són més el vostre estil. Aquí només volem gent capaç de parlar amb frases subordinades.

—Com goseu burlar-vos de mi?

—Perquè podem, nano —va sentenciar el David, acostant-se a la tele per apagar-la.

Llavors, rabiós com un autònom quan veu assalariats amb el lot de Nadal, el Jonathan va agafar el seu bat i va començar a colpejar les pantalles que s'exposaven darrere d'ell, amb una violència desaforada.

Els ostatges cridaven i es tapaven i es tiraven a terra terroritzats.

—No dubteu mai de la meva paraula. El proper cop no seran unes teles, les que tastaran el meu poder. Seran els cranis d'aquests innocents. I sagnaran per culpa vostra.

Els Sentinels es van mirar.

—Vestiu-vos —va ordenar el David.

—Espera, espera —va tallar el Toni—. Aquests bojos tenen ostatges. Hi ha d'anar la policia.

—Pensava que éreu herois, no tertulians d'un debat. Força Rebel us desafia, Sentinels. Si no veniu, aquesta gent patirà molt. I si algun policia s'intenta acostar, aquesta gent ho pagarà. Parlo molt seriosament.

Dos llops van agafar el guarda de seguretat de la botiga i el van estampar contra les teles que encara s'aguantaven exposades.

Agafant-li el cap pels cabells, li van colpejar la cara contra els vidres trencats de les pantalles.

Després, el van apallissar amb cops de bat i puntades de peu.

—Se'n sortirà, espero. Encara no vull haver de matar ningú. Però si no veniu, ho farem i tot el país veurà que la vostra covardia no té límits. Això et sembla bé com a frase subordinada, gordo calb dels collons, o em vindràs a donar classes de gramàtica tu solet?

Al seu senyal, un dels llops va disparar una ràfega de la seva metralladora contra els ordinadors exposats.

—Les armes són de debò. I tenim bombes col·locades per tot el centre comercial. O sortim victoriosos o d'aquí no surt viu ningú.

I després va tallar la connexió del seu missatge.

CAPÍTOL 39

—Per ser marca blanca, pugen forts, aquests —va dir el Morales, mentre la resta de Sentinels estaven commocionats per l'amenaça del psicòpata.

—David, hem de pensar una estratègia. Aquests animals van armats —va dir el Toni.

—I nosaltres tenim armilles antibales als uniformes.

—Al cap no ens protegeixen, eh. Ni a les cames. No vull quedar coix per una bala perduda. Perquè si han de ferir algú, segur que em toca a mi —continuava el director.

—Millor coix que amb el cap rebentat. Coix encara pots escriure les novel·les que dius que escriuràs algun dia —va aportar el Likatron—. A menys que et passi com als *youtubers* i te les escrigui un altre. 😂

—Voleu callar? Hi ha innocents que ens necessiten.

—Eh, jo em vaig apuntar per projecció i aventura, no perquè em cosissin a trets —va dir el Jo Lee—. Cos a cos els puc donar una pallissa, però si ens disparen... No sóc més ràpid que les bales.

El David va assenyalar les càmeres de l'habitació.

—Davant d'aquestes càmeres vam jurar protegir els innocents i fer complir la justícia. Ara ens necessiten. Qui no estigui al minibús en cinc minuts ja pot fer la maleta.

CAPÍTOL 40

Els telèfons del Toni i el David no paraven de sonar, però el presentador no apartava els ulls dels cotxes del davant, que en el seu estúpid seguiment de les normes de circulació el feien anar més lent del que necessitava.

—Torna a ser el Serra —va dir el Toni, gairebé pàl·lid—. Frena, collons, frena. M'estic marejant i això que m'he posat davant.

—No contestis.

—Potser han parlat amb la policia. Potser volen compartir l'estratègia d'atac. Potser…

—No contestis!!

—I si…

El David va prendre el telèfon al seu amic i el va llançar per la finestra.

—Què fas! El meu iPhone! Valia 700 euros!

—Després te'n compro un altre. I tu el de 700 euros no te'l compres en la vida, que ens coneixem. Segur que vas agafar el de 32 gigues i no el de 128.

—I què? No tens cap dret a…

—Tu sempre tens còpia de seguretat. Te l'actualitzes i punt.

—Ets boig!

—No, els bojos són els que tenen tancats un munt d'ostatges en un centre comercial. Amb aquesta gent no es negocia. No volen diners perquè ja els podrien haver agafat. Ni són terroristes perquè primer explota la bomba i després t'atribueixes la victòria. Aquests ens volen a nosaltres. I si no hi anem, no m'ho perdonaré.

—Però promet-me que...

—Que sí, collons. Que ens hi presentem, els entretenim per guanyar temps, que ens dediquem a això, a entretenir, i ja està. Fins que els GEO els tinguin rodejats i llavors que se'ls carreguin d'una vegada.

—No faràs cap bogeria, oi? Que això del Capità Amèrica t'ho estàs prenent molt seriosament...

—Jo no faig res a mitges —va sentenciar el presentador.

—David, que ens coneixem. A mi no cal que em venguis la moto. Simplement sigues prudent...

L'embús els esperava a tres carrers. Un taxi havia xocat contra un autobús i tenien dos carrils ocupats, mentre tothom que volia tornar a casa de la feina feia sonar la botzina sense remordiments per crear encara més caos.

El David era dels que més castigaven la botzina.

—Apunta per a producció: necessitem una sirena.

—No som funcionaris. Una sirena seria il·legal.

—Pagarem la multa. Sense sirena som uns merdes.

—Trec un mocador per la finestra com si en portéssim una a punt de parir? —va oferir el Toni.

—No, però demana el megàfon a la vella, que em fotré a cridar i s'apartaran. D'alguna cosa m'ha de servir tenir bona veu.

CAPÍTOL 41

El Jonathan es començava a posar nerviós perquè no sabia com omplir tanta estona de plors a la botiga.

Havia fet classes d'impro durant un temps, i fins i tot quan va anar malament de pasta es va anunciar ell mateix com a professor. Total, només calia tenir xerrera i imaginació. Però estar allà davant de tanta gent que somicava espantada, esperant, no era una sensació agradable. Però només així sortiria de la zona de confort. Només així es posaria a prova.

El pla tan sols era fer soroll a la botiga, destrossar els nous models de pantalles, perquè el vídeo es fes viral i el patrocinador quedés content. L'home de la tele l'hi havia deixat ben clar. Mentre els patrocinadors obtinguessin resultats, ningú preguntaria res.

Però ell no era un venut. Ell era un artista. I als artistes no se'ls pot encadenar. No recitaria un guió com un lloro. Ell podia crear, innovar, sorprendre, i ara mateix s'havia convertit en una obra d'art vivent, un *happening* amb milions de seguidors.

—Han arribat 4 furgons de policia —va dir-li a l'orella Llop 2 després de mirar el seu mòbil.

—Ja sabeu què heu de fer —va contestar, sec, el Jonathan.

Els mercenaris van activar les bombes amb els seus telèfons.

No eren de gaire intensitat, però van explotar en cadena, al pàrquing del centre comercial, en els vidres de diverses botigues, en contenidors del carrer i sota alguns cotxes aparcats a prop del recinte.

Els policies es van veure saturats per l'allau d'esdeveniments.

Cada nova explosió els desconcertava i els obligava a cobrir i desallotjar un perímetre més gran, i els regalava desenes de persones cridant i corrent de manera caòtica pel mig del carrer. Per esquivar-los, algun cotxe va donar un cop de volant i va estampar-se contra altres cotxes o va acabant atropellant algú.

En tres minuts, sense cap víctima greu, els mercenaris havien paralitzat un radi de diversos carrers en totes direccions. I havien regalat al Jonathan Medrano 20 minuts més d'impunitat.

CAPÍTOL 42

Però amb això no va haver-n'hi prou per aturar el grup d'herois emmascarats que va venir corrent per un dels passadissos del centre comercial.

Un dels Llops els va veure acostar-se i va disparar a prop seu per fer-los recular.

—Objectiu confirmat, senyor.

L'actor psicòpata va empènyer el seu ostatge contra els altres i va caminar fins a l'entrada de la botiga amb una destral que li allargava un dels seus homes.

—En època de crisi, toca fer retallades —va dir a càmera amb ironia i bona dicció. Havia pensat que un adversari carismàtic i graciós sempre aconseguia el favor del públic, i s'havia estat preparant diverses frases amb enginy. Si sempre s'havia de robar dels grans, qui millor que Jack Nicholson a *El resplandor*? Una destral era més icònica i personal que cap metralladora. Quan fessin el seu ninot, volia sortir amb la destral. Se'n compraria tants, per ell i per regalar, però sobretot per ell. Immortalitzat en un nino per sempre, que els fans col·leccionarien i amb el qual els nens jugarien durant dècades. És més, cada cop que algú veiés una destral en una ferreteria, pensaria en ell i les seves «retallades».

Però quan va contemplar els seus rivals, les altres frases se li van oblidar de cop.

—Qui collons sou vosaltres? —va preguntar indignat.

—Els Nous Sentinels!!! —van contestar tots alhora, en un crit de guerra que per força devien haver assajat molts cops.

El Jonathan es va quedar parat durant uns segons. A què jugaven els de la tele? Ell havia improvisat perquè era més llest que els altres, però és que potser l'havien traït? És que només l'estaven utilitzant per omplir temps de pantalla?

—Teniu les orelles plenes de merda o què? —va escridassar als nouvinguts—. He demanat els Sentinels, no una còpia barata!!

—Som la nova generació d'herois, inspirats pels grans Sentinels. Com els Nous Titans o els Nous Mutants! —va contestar el que tenia pinta de líder perquè era l'únic que portava capa, apropant-se.

—No sé de què dimonis em parleu!

—No has llegit mai còmics o què?

—Jo tinc una vida de veritat, no em calen aquestes xorrades.

—Quan us hàgim derrotat, veuràs que les històries que ens han inspirat no són cap xorrada.

—No valeu la meva atenció. Vull els autèntics Sentinels.

—Doctor Terror, els nostres punys et faran callar a tu i al teu regnat de... de terror —va dir un dels altres disfressats, posant-se en actitud de portada de número 1, i avançant amb la resta del grup.

El Jonathan va empassar saliva i els va escopir un moc veloç que va aterrar prop de les botes d'aigua dels altres.

—Estic fart d'amateurs. Sóc una estrella i vull treballar amb professionals.

I després va desenfundar la seva pistola i va disparar amb les dues mans, per evitar el retrocés, com li havien ensenyat els mercenaris a les pràctiques de tir. No estrenaria la seva destral amb uns secundaris de merda que l'audiència no coneixia.

Però per molt que hagués practicat, l'impuls cap enrere el va desestabilitzar i el va fer ensopegar amb una de les ostatges, i li va caure al damunt.

Es va aixecar entre un cor de crits i corredisses.

Davant d'ell, el de la capa jeia a terra, gotejant sang com una rentadora mig espatllada a la qual treus el tap perquè acabi de buidar l'aigua.

Ell li havia disparat a la cama per deixar-lo coix i fer-li recordar tota la vida que no es juga amb el Doctor Terror.

Però l'havia tocat en plena panxa.

Una de les noies, una còpia barata d'una Catwoman que fes de monitora en unes colònies a Berga, plorava agafant el cos ferit del seu company heroic.

—Com has pogut? Ets un monstre! Només volíem gravar un vídeo per al nostre canal de Youtube. Només som un grup de *cosplay* fent una websèrie.

Els va contemplar durant un moment.

Ell no era un assassí.

Havia estat mala sort, culpa de l'altre, que s'havia mogut en l'últim moment.

Culpa de l'altre, que havia vingut sense fer cas de la seva petició.

Culpa d'uns nens estúpids que jugaven a ser grans.

Diversos mòbils encara els gravaven. Vés a saber quants d'ells no ho emetien com ell mateix.

Havia estat en directe i tindria milions de testimonis.

En minuts, la seva vida de perdedor havia tornat per quedar-se, atacant de cop. A partir d'ara ja no passaria res si no li trucaven dels càstings perquè prou problemes tindria a la presó quan intentessin violar-lo cada dia o clavar-li punxons per l'esquena al menjador.

Encara que una ambulància s'emportés el noi i es recuperés, seria intent d'assassinat. Això ho sabia de quan va fer d'extra en una sèrie d'advocats.

Tot se n'havia anat a la merda.

Estava acabat.

A menys que...

A menys que el Jonathan Medrano desaparegués i el Doctor Terror es fes càrrec de tot.

Portava guants i no havia deixat empremtes.

Portava la cara tapada pel casc de calavera i per parlar havia fet servir la seva millor veu d'home dur, com el Christian Bale a les pel·lis de Batman.

Seria difícil reconeixe'l.

Només l'home de la tele sabia qui era, no? Només calia fer-lo callar a ell.

I als que ho havien vist tot.

—Això no és cap joc, nena. Això és la vida real. El que està fet no es pot desfer —va dir, abans de clavar-li una puntada de peu a la cara.

CAPÍTOL 43

L'Olivares va vomitar per primer cop en anys. Des de la químio d'adolescent. I es va tornar a sentir dèbil i tremolós.

Ell no podia imaginar que les coses s'haguessin complicat tant. Estava acostumat a productors que intentaven vendre motos, col·locar inútils als equips simplement perquè hi estaven embolicats o eren família, o que intentaven estafar amb el pressupost per comprar-se una tercera residència a Cadaqués o Marbella o renovar-se l'Audi. I ell sempre havia pogut intuir els seus moviments i barrar-los el pas fins i tot abans que intentessin res.

Però el Medrano... Havia resultat ser més que un simple boig amb ganes de fer-se famós. Qui podia esperar que, en comptes de quedar-se la majoria dels diners per a ell, els invertís de debò a contractar professionals?

Un únic home, boig però poc entrenat, no representava cap perill. Un grup d'experts amb historial militar i armes, sí.

La destrucció del nou model de pantalla li havia semblat una iniciativa molt interessant, que convertiria la destrossa en un fragment viral que sortiria a tots els telenotícies. Però agafar ostatges...

això sí que no. Ell l'hi havia deixat molt clar. No volia cap ferit.

—Et trobes bé? —va preguntar un del departament de coproduccions que sortia d'un dels lavabos amb un diari i amb una aroma fètida realment maligna.

—Sí, sí. Ahir vam anar a un hindú i... buf... no hi tornaré més, eh.

Necessitava temps per pensar.

El Medrano havia de ser eliminat de seguida, abans que el pogués incriminar d'alguna manera.

L'Olivares havia anat amb molt de compte, li havia trucat des d'un mòbil recarregable que no anava al seu nom, mai li havia dit ni el nom ni li havia escrit res. Sempre s'havien trobat dins del seu cotxe i sempre li havia fet apagar el telèfon perquè ni se li acudís gravar la conversa.

Així que qualsevol cosa que digués sonaria a deliris de boig.

Quan l'acusessin de delictes de sang, en comptes de «les veus em van ordenar que ho fes» seria «un executiu de la tele em va ordenar que ho fes».

Tot i així... l'ideal seria que la policia disparés a matar. Hi havia ostatges pel mig i només calia que algú es posés nerviós.

No era tan impossible.

Però necessitava veure-ho des de casa.

A la sala de control algú l'acabaria veient nerviós i potser sospitaria alguna cosa.

Total, ell era un executiu i els executius sempre tenen reunions fora de la tele. El realitzador s'hauria d'espavilar sol.

Va sortir del pàrquing amb la música a tot volum per no pensar.

Només necessitava una estona per oblidar-se de tot.

Per descomptat, no es va adonar que un *jeep* el seguia.

El Jonathan Medrano no era tan sagaç com ell. Ni havia estudiat tants màsters. Ni sabia deduir gaire coses simplement a partir de petits indicis com ell.

Però coneixia els models de cotxe que mai es podria comprar. Des de la primera vegada que va pujar al BMW de l'Olivares va retenir tots els detalls de l'X5. Gairebé tothom que es comprava un cotxe així el volia negre, que donava més idea de luxe, triomf i misteri. Però l'Olivares l'havia demanat blanc.

Només havia calgut que un dels mercenaris esperés fora del pàrquing de la tele un X5 blanc conduït per un home.

CAPÍTOL 44

Quan els Sentinels van poder arribar al centre comercial, hi havia tants vehicles d'emergències aparcats al davant que semblava una final de la Champions.

—Hem fet tard! —es va queixar el David mentre deixava el minibús mal aparcat i en sortia corrent.

—Espera! —va cridar el Toni.

Però veient que el seu amic no li feia cas, va engegar la càmera del casc i va baixar al mateix temps que els seus companys.

—Per què mai ens espera? Se suposa que som un equip —es va queixar la Diana.

—Sempre necessita ser el líder —va murmurar el Toni.

—Això ho hauríem de decidir entre tots. Començo a estar fins als collons d'ell —es va queixar el Morales.

—Companys, la justícia ens espera! Anem! —va dir el Demolidor arrencant a córrer darrere del David.

Les escales mecàniques estaven aturades i els bombers anaven desallotjant la gent esquivant el fum que intentava embrutar la falsedat de palau de cartró pedra del centre comercial.

—Fora, fora! —cridaven els bombers.

Però els herois van ignorar tots els crits i van pujar fins a la segona planta.

—Quiets! —va cridar un policia quan els va veure acostar-se.

—Som els Sentinels! —va cridar el David.

—Detingueu-los! —va ordenar un altre policia.

Uns quants agents van abraonar-se sobre el grup d'herois.

—Què cony foteu? —es va queixar el David.

—De genolls i mans al clatell! —va cridar un altre policia.

—A mi no em toquis! —es va emprenyar el Morales quan dos policies el van retenir doblegant-li el braç esquerre.

Se'n va separar donant un cop de cap al que tenia més a prop i trencant-li el nas.

Dos agents més se'ls van acostar amb les porres i ganes de fer-les servir.

—Hem vingut per ajudar!! —deia el Toni, intentant fer-se sentir entre el caos.

—Som els Sentinels! No ens coneixeu? —deia la Jessica.

CAPÍTOL 45

En dos minuts els tenien tots emmanillats i vigilats.

—No sabeu el que heu fet! Vull els vostres números de placa. El públic sabrà com actueu! Us desemmascararé en directe —amenaçava el David.

—No cabregis la poli —li demanava el Toni.

—Vols parar de fer el covard? —es va enfadar el presentador—. Ens han detingut injustament. Això no quedarà així.

Un oficial de policia se li va acostar amb indignació a la mirada i el va assenyalar.

—Porteu-lo!

Entre dos agents van arrossegar el David fins al davant de la botiga tecnològica on el Doctor Terror i els seus homes havien retingut els ostatges.

—Obre bé els ulls, famoset, perquè tot això és culpa vostra. Quan els seus pares els vegin i sàpiguen que han perdut el que més els importava a la vida, els diré que parlin amb vosaltres. Que tu els rebràs al teu programa perquè puguin dir-te a la cara tot el que estan patint.

Davant d'ells, uns quants ATS intentaven estabilitzar els ferits abans d'emportar-se'ls a l'hospital.

Per les imatges que havien vist de camí, els havien semblat una còpia barata però vistosa de l'esperit Sentinels.

Però allà, amb la lletjor de la realitat en 3D de tota la vida, sense ni filtres ni músiques, no eren més que un grup de nanos ferits que estaven a mig camí de registrar-se com a usuaris al canal Youtube del cementiri més proper.

—No et podies quedar tan tranquil parlant de toreros i meuques, oi? Havies de demostrar que eres millor que la merda que tractaves per la tele, oi? —el va seguir escridassant el policia com si fos família del Serra, o com a mínim haguessin anat a la mateixa escola rural—. Però quan un imbècil es vol fer tronista o concursant d'un *reality* per sortir a les vostres merdes de programes, no se'l carreguen mai un grup de psicòpates.

Un mareig enorme va recórrer el seu cos i va tenir ganes de vomitar.

—Ara us traurem les manilles i marxareu pacíficament obeint els meus homes. Ser imbècil encara no és un delicte, per sort, perquè en tindríem les presons plenes. Però volia que reflexionéssiu sobre el fet que heu creuat la línia i la merda us ha explotat a la cara. Si tens ganes de denunciar algú, sóc el capità Ordóñez. Marcos Ordóñez. Posa una mica de seny a la teva vida, fill, i acaba amb aquesta bogeria abans que hi hagi més ferits.

Amb la veu trencada, va mirar el policia i li va dir:

—Això no quedarà així. Els venjarem. Juro que els venjarem.

CAPÍTOL 46

Però la vida no era un còmic. Per molt que volguessin fer justícia, o simplement venjança, no n'hi havia prou amb girar dues pàgines i ja trobar-se perseguint els malvats al seu amagatall secret.

Els Sentinels es van enfrontar a un munt d'enemics als quals no es podia abatre a cops de puny.

La pressió mediàtica va ser el primer.

La tele i les xarxes els havien creat i ara els destruïen sense pietat.

Amb el mateix raonament pervers i cínic de qui comenta d'una noia atacada que «no hauria d'haver anat sola o vestida així» en comptes de culpar l'agressor, el pensament oficial va oblidar la culpa del Doctor Terror i els seus sicaris. Semblava que fossin els mateixos Sentinels els que haguessin atacat els pobres nanos disfressats d'herois, segrestat els ostatges de la botiga i fins i tot incitat al suïcidi tots els adolescents amb problemes que durant dècades havien saltat per la finestra vestits de Superman.

La cadena va fulminar el programa, amb una breu nota de premsa en què lamentava els incidents ocorreguts, dels quals es distanciava totalment.

El Reverte i el Serra van imposar una reunió d'urgència en què el David va perdre els papers. No només tancaven *Sentinels*, també l'obligaven a agafar-se unes vacances forçades i per descomptat li impedien fer cap declaració pública, sota amenaça de demanda bestial.

Una col·laboradora del programa del cor, que hi havia començat com a exprostituta que venia intimitats del marit d'una regidora del PSOE i ara tenia fums de copresentadora, el substituiria a les tardes el temps que calgués.

—Accepta-ho, David. És un bon tracte. Seguiràs cobrant i tens un temps per descansar i pair tot l'estrès —li va aconsellar el seu agent.

—Això no és cap proposta oberta a negociació —va interrompre el Serra—. Això és el que hi ha.

El David el va agafar per les solapes i el va empènyer contra la paret.

—A mi no em destrossa ningú! —va cridar.

—Em pegaràs davant de testimonis? Perquè llavors t'ensorraré i no tornaràs a treballar mai més.

El presentador el va deixar anar, però li va treure el mòbil de la butxaca i el va llançar contra la paret amb força.

—Sou tots uns covards malparits! —va cridar—. Això és rendir-se. Això és acceptar el terrorisme. Això és viure amb por.

—Això és la tele —va murmurar el Toni, sortint per la porta i pensant que la seva carrera havia acabat i que ara tindria tot el temps del món per escriure novel·les que ningú esperava.

CAPÍTOL 47

Aquella mateixa nit els van fer fora del plató-caserna.

Com que les càmeres estaven apagades i la web desactivada, només ells van ser testimonis de la sortida per la porta del darrere.

No era fugir amb la maleta abans que els nazis els enxampessin, però comparat amb l'arribada festiva amb públic i connexions en directe, aquell comiat era humiliant.

—La part bona de tot això és que podrem fer el nostre viatget abans —va dir la Diana al Toni.

Ell li va agafar la mà.

—El còmic i la figura del teu germà... Jo tinc contactes frikis. Li farem l'homenatge. No et fallaré. No saps la sort que tinc d'haver-te trobat.

—El mateix et dic —va somriure ella.

—Menys parlar i més recollir —els va cridar el David, que els havia vist—. No sé si ho estan gravant o no, però no els doneu cap moment emotiu que puguin explotar després. Que els bombin.

El David va tancar la porta de cop, com si volgués desmuntar el plató sencer.

—S'ha emprenyat per nosaltres o pel programa?

—Sempre s'emprenya quan les coses no surten com ell vol.

—Si prefereixes que m'emboliqui amb ell i tu et quedes consolant la Rosaura...

—Com pots ser tan pèrfida? —va riure el Toni.

CAPÍTOL 48

Al menjador, la Jessica consolava el Demolidor mentre el Morales buidava la nevera i es guardava a la maleta paquets de carn i bosses de croquetes congelades.

—Què fas? —va preguntar-li el Guillem.

—Què vols, que això es faci malbé? O que ens ho robi algun càmera dels que cobren hores extres per robar-nos la intimitat? A mi ningú m'ha pagat el lloguer tot aquest temps i tinc la nevera buida.

—S'ha de ser rata.

—Rates els de la tele, que ens fan fora com a minyones prenyades, quan la culpa no és nostra. I a sobre, ni premi ni merdes. Jo no he abandonat, i vull els meus 10.000 euros.

—I jo vull el còmic i la figureta. És el meu somni des de petit —va afegir el Demolidor.

—I amb els 10.000 euros què faràs? Si no els vols, ja me'ls quedo jo —va aprofitar el Morales abans que s'ho demanés un altre.

—La tele ens compensarà. Només hem de portar-nos bé, complir la nostra part del contracte i ja ho trobarem —va dir el Toni—. No ens poden abandonar.

—Doncs a mi em sembla que això —va dir la Diana, assenyalant-los a tots mentre recollien les seves coses— no pinta gaire bé com a principi de compensacions.

—I si contractem un advocat entre tots? Segur que en podem treure una bona morterada… —va dir el Morales, aprofitant el moment de complicitat—. Està tot gravat, les 24 hores de cada dia. I tenim milions de testimonis que ens segueixen des de fa setmanes. En cap altre judici tindríem tanta cosa a favor nostre.

—Jo també estic cabrejat. No us ho podeu ni imaginar. Però no perdem el temps. Mai guanyarem els advocats d'una cadena. Us ho dic per experiència —va tallar el David—. Uns quants famosos han demandat moltes vegades el nostre programa per injúries i mentides. I ho han fet amb advocats de bufets de prestigi. I no han guanyat mai. Les coses han vingut així i millor que no ho remenem més.

El seu amic director va assentir amb tristesa, però interiorment feliç pel seny del presentador.

—Això ho dius perquè tens la vida resolta. Però i nosaltres? —es va queixar el militar.

—Amb l'exèrcit mai et faltarà un plat a taula, no? —va respondre el David—. O és que tu ja havies fet plans per comprar-te un àtic i un Ferrari?

—Els fans no ens abandonaran. Podem fer… —va dir el Toni.

—Els contractes ens ho prohibeixen tot. Ni entrevistes ni declaracions ni anuncis ni res —va dir el Jo Lee—. I tu segur que ho saps.

—A la merda els contractes. Si la tele no els ha respectat, per què ho hem de fer nosaltres? —insistia el Morales.

—Pels advocats. Que no els has sentit? —va rondinar el Roca.

—Però punxar en discoteques sí que podrem, no? 😔 —va sospirar el Likatron.

—Si tu no ets DJ.

—I tots els famosets de merda que ho han fet abans tampoc. La gent només vol fer-se *selfies* amb un conegut. I almenys la meva fama me l'he guanyat jo treballant, no com els fills de famosos...

—Això no està bé —es va lamentar el Demolidor.

—Però pitjors coses passen a la vida. Com a mínim estem vius —va dir la Jessica.

—No està bé el que fem. Renunciar a l'oportunitat que hem tingut. El Peter Parker va deixar el vestit de Spiderman i l'Steve Rogers va deixar l'uniforme de Capità Amèrica, però van tornar. Perquè preocupar-se pels altres no es pot oblidar així com així —va dir el Demolidor emocionat.

—No podem fer-hi res. Si seguim com a Sentinels ens demandaran, i fins i tot podem acabar a la presó —va dir el Jo Lee, esperant que la seva fama de setmanes pogués salvar l'acadèmia i el restaurant dels pares, com a mínim per uns quants mesos—. Jo no em vaig apuntar a això per patir. I ja tinc una família per salvar. La meva.

—Sentinels no és un nom ni un uniforme. És una actitud vital. Dick Grayson va deixar de ser Robin per convertir-se en Nightwing. Va evolucionar per ser fidel a ell mateix. Encara que estigués al marge de la llei, a vegades. Si necessiteu nous uniformes, jo us els cosiré a mà —clamava el Demolidor—. Tornarem a ser grans. Tornarem a marcar una diferència.

Tots se'l van mirar amb emoció als ulls.

Menys el David i el Toni, que miraven a terra per no demostrar que ells haurien d'haver pensat un discurs així, que en un moment de necessitat ells haurien d'haver fet de líders.

Però un sol gest ho va desmuntar tot.

El Roca li va posar la mà a l'espatlla al lluitador i amb veu seca va preguntar:

—Vols dir, nano? No és hora ja de deixar les disfresses i madurar?

El Demolidor va tancar els punys, fart de la condescendència.

—Això no són disfresses. Són símbols.

—Tu has estat mai a la presó? No és com a les pel·lícules. Allà els símbols no valen per a res. El temps passa molt lent. I la gent que t'hi trobes te la trobes cada dia, t'agradin o no. Jo sí que hi vaig estar i no hi penso tornar.

—Pensava que érem un equip.

—Un equip muntat per la tele. I el que la tele ens ha donat, la tele ens ho ha pres. Ara toca passar pàgina.

Tots van assentir en silenci, encara que dos minuts enrere haguessin aplaudit el discurs del Demolidor.

El Roca va ser el primer a sortir, sense abraçar-los ni res.

—Marxes així? —li va preguntar la Diana—. Després de tot el que hem viscut junts?

—Odio els comiats.

Només hi havia uns auxiliars de producció esperant a fora.

Els productors de debò mai es perdien ni les inauguracions ni les rodes de premsa ni els vermuts però se saltaven sempre que podien els moments tensos o que impliquessin gaire feina. Quan saps que fas fora un munt de gent empipada a mitjanit, millor que tanquin la porta uns altres.

Una de les noies va intentar agafar la maleta al Roca però ell la va apartar amb un gest com si es tragués del damunt joves amb carpetes que volguessin captar socis per a una ONG.

—No et rebaixis, nena. Ni tu treballes en un hotel ni jo estic dèbil per carregar les meves coses.

—Però... estem aquí per ajudar.

—Nosaltres també ho estàvem i mira. Puta vida.

El boxejador va sortir al carrer i va respirar fondo, com quan havia sortit de la presó.

Però, ara, va poder respirar l'odi d'un grup de gent que els esperava per escridassar-los.

Potser si haguessin sortit en grup i amb tot l'equip de la tele tapant-los no se n'haurien adonat.

Però ell va abandonar la maleta i es va acostar fins a les tanques, on un parell de guàrdies de seguretat vigilaven la multitud sense gaire esma.

—Assassins! Psicòpates! —van cridar sense gaire organització, quan el van veure plantant-los cara.

Els va mirar un per un, sense perdre els nervis.

Les tanques no el protegien a ell, protegien la multitud dels seus punys.

—Tan ràpid oblideu? No ens mereixeu. I ens trobareu a faltar abans del que penseu —va pronosticar el boxejador.

CAPÍTOL 49

—Per què no m'ho havies dit? —va grunyir el David.

—El què? —va contestar el Toni, comprovant que només estiguessin ells dos a l'habitació fent les maletes.

—Saps molt bé de què et parlo.

—Ara mateix tinc moltes coses al cap i molta merda per menjar. Si em concretes una mica més, et podré contestar.

—La Diana.

—Què li passa?

—Us he vist —va dir el presentador.

—Home, tampoc és tan sorprenent. No som fantasmes. Ens pot veure tothom.

—No estic d'humor. Avui menys que mai.

—Ni jo. A mi això també em fa mal. Era el nostre projecte, el nostre somni.

—No t'ha anat tan malament. Jo em menjo la merda i la meva carrera potser se'n va a prendre pel sac, i tu en canvi trobes xicota i fama. Si no estàs content, podem canviar els papers, eh.

—La Diana i jo no som...

—Toni —va dir com qui renya el gos perquè no es mengi el pernil salat de damunt d'una tauleta baixa.

—No t'ho vaig dir perquè... perquè sabia que t'enfadaries. Que no t'agradaria que una noia em triés a mi abans que a tu. I que això afectaria la nostra amistat.

—Que no confiïs en mi encara l'afectarà més.

—Volia tenir el meu raconet. Poder ser jo mateix per una vegada, poder ser el Toni Manso, no «el secretari del David».

—Ho dius com si et tractés com un esclau. Com si no m'alegrés que et passin coses bones.

—No he volgut dir això.

—Doncs ho semblava.

Els dos amics van esquivar-se la mirada.

—I si tornem a començar la conversa? —va demanar el Toni.

—Sí, esclar. Va, 3, 2, 1, tornem-hi. Hola, millor amic del món, com és que no m'has dit que t'estaves tirant la Diana?

—Eh, eh, jo no m'estic tirant ningú.

—Ah, a sobre ni te l'has tirat. Em sembla patètic fins i tot per a tu.

—Eh, ja sé que estem tots molt nerviosos. Millor que no diguem coses que no volem dir.

—Esclar, millor que ho callem tot. A tu t'ha funcionat de conya. Així has acabat d'amargat. I calb. Perquè el teu pare té melenassa. Això teu no és genètic, és d'amargat.

—Si he callat molt, potser m'hauries de donar les gràcies. Perquè si t'hagués dit tot el que pensava molts cops, potser ja ens hauríem enfadat abans.

—Esclar. El punyetero Gandalf que ho sap tot, el Charles Xavier, l'estratega que ho preveu tot i mai s'equivoca. Jo m'equivoco perquè faig coses. No em quedo en un racó atemorit esperant que la vida em passi pel davant.

—David, estàs pixant fora de test.

—No, mira, ara m'he animat. Ja que estem obrint el cor, et diré que jo també m'he callat moltes coses. M'he callat la manera paternalista com em mires i em corregeixes sempre. Com si tu sempre tinguessis la raó. Com si tot el que he aconseguit fos gràcies a tu.

—Som un equip. Junts som…

—Un equip perquè jo he volgut. Ets molt bo, això sempre ho reconeixeré. Però si hem fet coses és perquè jo m'he mogut. Junts som bons perquè jo sóc bo.

—Gràcies per alimentar-nos a tots els del programa amb la teva generositat, gràcies per ajudar-nos a tirar endavant i no viure al carrer menjant restes dels contenidors dels restaurants.

El presentador va fulminar-lo amb la mateixa mirada que va dedicar-li al periodista de la SER que es va negar a saludar-lo a l'escenari quan li donaven el premi Ondas.

—No t'enganyis, Toni. Tu sempre has volgut ser jo. Per alguna cosa deu ser.

—Tu t'estàs sentint? De tots els models, de totes les icones de la humanitat, jo he volgut ser tu? No Robin Williams o Neil Gaiman o James Cameron. Tu.

—A l'institut jo volia ser presentador de tele i tu volies ser novel·lista. Quants programes hem fet junts i quantes novel·les has arribat a publicar? Els números no enganyen.

—Ets un imbècil.

—La veritat fa mal. Jo també t'he fet costat sempre. T'he ajudat a somiar. Però quan has decidit espavilar-te, ho has fet a costa meva. Traint-me. Segur que la cadena et va obligar a dirigir el programa des de dins? O aquí ja va ser quan vas començar a fer-me el llit? Ja no puc confiar en tu, no puc oblidar que m'has abandonat.

—I tant que ho oblidaràs. Només necessites dues nits de les teves borratxeres. Però aquest cop no em truquis quan et despertis en un *after* envoltat de cocaïnòmans. De fet, no em truquis més. Perquè estaré amb la meva xicota molt ocupat sent feliç.

CAPÍTOL 50

Des d'aquella nit, el David i el Toni no es van tornar a parlar i van evitar trobar-se per la tele.

Tampoc els va costar gaire, perquè el David va desaparèixer en una espiral de festes desenfrenades i ni tan sols la seva dona de la neteja sabia on parava.

El Toni va aprofitar per viure amb la Diana la típica història d'amor que ell mateix havia criticat durant anys al programa del cor. Una parella amb diferència d'edat, amb una jove molt guapa, i un panxut amb diners. Esclar que en el seu cas, no hi havia ni corrupció ni prostitució pel mig, i ell no estava taronja de raigs UVA, ple de botox ni anava repentinat cap enrere com un Arévalo de segona regional.

Sempre havia pensat que quan tingués parella la portaria a París, a Roma o a Venècia, però ella va prendre la iniciativa i el va portar amb cotxe a Carcassona. Havia llogat per Airbnb una caseta amb jardí amb vistes espectaculars i un gat negre de propina que se'ls anava colant a l'interior buscant la seva companyia.

Sense que ell tingués temps d'afegir el wifi de la casa al mòbil i de contrastar horaris i adreces de tot el que calia veure a la ciutat, ella se'l va emportar a passejar tot el dia pel castell.

—Si m'haguessis dit que veníem aquí, hauria comprat una guia per saber tot el que...

—Fa mesos que intentes controlar-ho tot, pensant en totes les derivacions de les situacions que ens podíem trobar a cada missió. Ara no pensis, només gaudeix.

—El meu cap no para mai. Hauríem hagut de fer un *reality* en un castell —deia ell, veient possibilitats a tot arreu.

—Només cal que intentis fer el paper de turista blanquet que diu «oh, que maco» a cada sala i imagina't que jo sóc la teva princesa.

—Si fossis una princesa només podries ser la Leia, perquè ets tu la que m'has rescatat a mi i il·lumines la galàxia.

—Mira que arribes a ser monyes quan vols, eh? —va riure ella.

Van sopar musclos amb crema de formatge a l'hotel Terminus, una relíquia del passat encantadora, ell molts més que ella, i de matinada, quan es va despertar pel mal de panxa, el Toni va quedar-se mirant la Diana i les llums del castell en la llunyania.

Mentre es prenia un Àlmax, es va adonar que mai havia estat tan feliç i que no havia tocat l'ordinador ni consultat el correu en tot el dia. I també es va adonar que no volia tornar a treballar en programes mediocres amb gent mediocre, i que si la Diana era prou valenta per creure en ell, potser ell també podria començar a fer-ho. Potser com a novel·lista no passaria de mediocre i en menys d'un any no sabria com pagar la hipoteca, però potser si ella anava a viure amb ell en tindrien prou per anar tirant. Potser ser feliç podria arribar a ser una realitat quotidiana.

La gran majoria de Sentinels van tornar a les seves vides d'abans, i no van poder fer cap ronda de platós ni exclusives perquè la cadena havia silenciat tots els mitjans, sobretot els programes de la mateixa cadena, amb una cortina d'amenaces i suborns, per evitar remoure la merda.

Els únics que van notar un cert canvi van ser el Morales, que es va convertir en tertulià d'un magazín de ràdio de xonis, on aconsellava sobre l'amor, i el Moussa, que va ser fitxat per La Fura dels Baus com a bèstia escènica voladora.

Per descomptat, es van dir que es trucarien, que quedarien, que serien amics per sempre.

Tres setmanes després d'aquella nit, encara els costava trobar un forat per fer un sopar.

Molta gent els recordaria durant anys, dècades, fins i tot, i quan se'ls trobessin pel carrer o en algun restaurant, els mirarien diversos cops abans d'atrevir-se a preguntar: «Tu eres un dels Sentinels, oi?».

D'altres els increparien directament dient: «Eh, tu eres el de la tele», sense importar que el moment fos oportú.

I després afegirien: «Per què ja no surts a la tele?». Com si ells fossin directius que es poguessin regalar un programa propi en *prime time*.

Però la majoria del país els va oblidar en un parell de dies. La tele era un gran monstre que fabricava monstres i els devorava, i mai més tornarien els temps de Franco amb una única cadena i 25 milions d'audiència mínima.

Amb 200 cadenes emetent a totes hores i amb 1.000 *youtubers* cèlebres explicant al món les seves desventures quotidianes, fins i tot els presentadors de més llarg recorregut havien baixat de categoria, i s'havien quedat com aquelles cares que a la gent li sonaven d'alguna cosa però no sabien de què.

Nous toreros, nous concursants, noves actrius amb passat tèrbol van omplir noves hores de tele i, com qualsevol cançó d'estiu, els Sentinels van ser esborrats per l'únic enemic al qual no es podia fotre un cop als ous: l'Oblit.

CAPÍTOL 51

El Jonathan no ho va encaixar bé. La policia seguia buscant el Doctor Terror i la seva banda, esclar. Però ells havien desaparegut i els mercenaris havien tingut la boca ben tancada. Havien guanyat molt pel cop i encara els quedava força del que els havia acabat donant l'Olivares quan el van atrapar a casa seva.

De fet, el Medrano s'hi havia sentit tan a gust, en aquell àtic luxós, que s'hi havia instal·lat de company de pis. I el seu cervell prodigiós ja havia ideat un projecte de *sitcom* sobre aquella situació.

Per descomptat, el Jonathan li havia rebentat el cap al gos de l'Olivares, perquè aquella bèstia no parava de bordar i amenaçar, i va pensar que en el fons feia un favor als veïns, perquè qualsevol dia es podia escapar i mossegar algú de l'escala.

L'executiu va quedar realment destrossat per la pèrdua de la seva mascota, que ell considerava família. Ah, i per la pallissa que li van regalar els mercenaris, també.

El Jonathan va veure que l'èxit i els diners tampoc donaven ni amor ni amistat i que l'Olivares estava tan sol com ell. Matar-lo era la manera més ràpida que algú investigués i acabés trobant alguna cosa que els relacionés, però vigilar-lo estretament, des de la seva pròpia casa, convivint amb ell, era un pla genial.

Quan van fer-lo trucar a la tele dient que necessitava una excedència per una crisi nerviosa després del que havia passat al centre comercial, ni el Serra ni el Reverte li van posar gaires problemes. Tots dos tenien amiguetes presentadores que volien promocionar dins dels despatxos de la tele, i l'absència de l'Olivares seria providencial.

La primera setmana, mentre segrestador i víctima cohabitaven sense intents d'escapar perquè l'Olivares s'havia adaptat ràpid —era un supervivent, no un heroi—, les imatges del centre comercial van aparèixer en informatius i programes de debat. Però després un terrorista va atropellar desenes de persones a Niça durant unes festes.

I dos dies més tard un altre jihadista va apunyalar sis persones en un aeroport.

I després van començar els Jocs Olímpics.

I després, com una broma tonta que es convertiria en un malson desenfrenat, el multimilionari Donald Trump va decidir que li venia de gust ser president dels Estats Units.

I el Doctor Terror va passar a ser simplement una broma malparida en comentaris de Facebook, un GIF per comentar el poc èxit espanyol als Jocs o com se n'aniria a la merda el món si el boig del tupè estrany acabava guanyant.

El Jonathan no admetia que l'anonimat tornés a atacar. Tenia diners, més dels que mai havia tingut, i ara podia fer qualsevol cosa. Produir-se una pel·lícula, o una sèrie, o una obra de teatre, o qualsevol dels projectes que tenia al disc dur i que tantíssima gent estúpida havia ignorat.

Però enyorava aquella sensació de poder que havia tingut. El fet de no tenir por, de saber que ara eren els altres els que s'agenollarien davant seu.

Esclar que ho podia tornar a perdre tot, però... la humanitat havia de saber que ell sol ho havia aconseguit, que havia esborrat els Sentinels.

Però els havia derrotat per qüestions tècniques, com si diguéssim, sense combatre'ls cos a cos. Per això havia entrenat tant? Per això havia canviat la dieta? Per això havia practicat amb la destral llançaments des de diversos metres de distància?

Va sortir a la terrassa de l'àtic i va contemplar tota la ciutat, que havia de ser seva.

Es mereixia una victòria clara, amb les càmeres i tota la humanitat com a testimoni.

I aquest cop, tenia un executiu de televisió per ajudar-lo.

CAPÍTOL 52

El David va sentir el telèfon molt llunyà, com si sonés en un univers paral·lel però algú s'hagués deixat un portal interdimensional mal ajustat.

El soroll va anar i tornar moltes vegades, com si un cor delator de conte de Poe o una teleoperadora de Vodafone estigués donant pel sac durant la migdiada.

Finalment es va remoure palpant el sofà amb la mà fins que va trobar l'aparell i se'l va portar a l'orella. No sentia res, però el soroll el seguia trepanant.

Quan va obrir els ulls va veure que a la mà hi tenia el comandament del Blu-ray.

Va estirar el braç cap a la taula de vidre del davant, on una ampolla de vodka i la caixa de pizza oberta li dificultaven el camí cap al telèfon.

Va bolcar l'ampolla i amb la lentitud de reflexos que li causaven el maldecap, la ressaca i l'estómac ple de merda es va intentar aixecar per provar de salvar el mòbil abans que la beguda el mullés del tot.

Va rodolar del sofà i va picar amb el genoll contra la tauleta, però ja tenia el mòbil a la mà i l'eixugava amb la camisa.

Número desconegut, va llegir a la pantalla mullada.

Només per comprovar si l'aparell seguia funcionant, va contestar.

En mala hora.

—No pots ignorar el teu destí —va dir una veu distorsionada de dolent de sèrie B.

Ell ni el va escoltar, netejant l'aparell encara més.

—Sí?

—Si no véns i t'enfrontes a mi, ho pagaran molts innocents. Destrossaré els teus homes, t'ho prendré tot. Demostraré que sóc millor que vosaltres.

—Si vols que algú escolti les teves merdes, escriu un blog. A cagar, gilipolles.

I va penjar.

Estava fart d'imbècils de ràdios locals o d'imbècils de *podcast* o d'imbècils normals que li trucaven fent-se passar per un superdolent terrible, per molestar-lo o dir-li simplement que ell era un farsant, que havia fet molt de mal als còmics de veritat, fins i tot més que les males adaptacions a pel·li de DC, i que es mereixia tot el pitjor.

De fet, en els seus orígens a la ràdio, quan ell s'avorria i preparava maquetes de grans propostes que revolucionarien l'emissora, havia trucat a alguns periodistes de qui havia trobat el mòbil en una agenda oblidada en un calaix. I els havia fet les mateixes amenaces idiotes.

Era el cicle de la vida per als joves idiotes.

El mòbil va tornar a sonar.

Desconegut, un altre cop.

Va apagar-lo i es va deixar caure damunt del sofà, esperant adormir-se un altre cop.

CAPÍTOL 53

El Jonathan va llançar el mòbil contra la paret.

Un dels seus homes el va recollir de terra, en va treure la targeta i la va cremar amb l'encenedor.

N'havien portat molts, per trucar i destruir-los i evitar que els localitzessin. Però per això, els Sentinels havien de contestar.

—Paro de gravar? —va preguntar un dels mercenaris.

—Esclar que sí. Això no ho podem posar.

—I què fem?

—Aprofitar l'oportunitat, que ho farà tot més de còmic apoteòsic. Si no ve per la seva voluntat, vindrà per rescatar la seva gent. Ho sabem tot sobre ells i no ens esperen. Captureu-los. I si algun es resisteix gaire, mateu-lo. Vull que aprenguin a viure amb por.

CAPÍTOL 54

Calia atacar tots alhora perquè els Sentinels ni s'avisessin ni es reagrupessin. I per això necessitaven molta gent.

Sabent que després d'aquell dia tot canviaria per bé o per mal, el Jonathan Medrano es va refiar dels contactes dels seus mercenaris i va contractar qualsevol bèstia que es presentés voluntària, li era igual complexió o intel·ligència o si les addicions els havien rebentat el cervell. Només havien de saber aguantar un pal, una cadena, un martell o donar cops, i no anar-se'n de la llengua abans que ell i els seus Llops haguessin arribat a l'edifici de la cadena.

Tots ells estaven d'acord en el missatge: deixeu-vos de disfresses i de jugar a justiciers o us eliminarem.

La policia no era fàcil de controlar però sempre es podia subornar algú a cada comissaria, pactar batudes, arribar a tractes per fer caure altres delinqüents. Però la gent disfressada d'herois no estaven bé del cap. I malgrat que el programa hagués desaparegut de la tele després de l'incident del centre comercial, el llegat dels Sentinels s'havia estès per tot el país.

Aquí i allà, com bolets tocats del bolet, nanos amb ganes de baralla i ideals de justícia naïf s'havien convertit en vigilants més o menys disfressats que els estaven fotent enlaire més negocis dels previstos.

Així que calia trepitjar tan fort els herois que fins i tot ni el més friki dels nens gosés disfressar-se amb una capa per Carnestoltes.

L'atac va prioritzar els més forts i més ben entrenats que van poder localitzar.

Tres furgonetes van aturar-se en doble fila davant de l'acadèmia d'arts marcials dels Jo Lee.

Quan 17 homes armats en van baixar, qualsevol *gamer* d'una certa edat hauria recordat les hores passades jugant al *Double Dragon*.

Van interrompre la classe, perquè ja que eren tan mal educats per atacar per sorpresa, no els venia d'una incorrecció més.

El Jo Lee tenia 8 nens d'entre 6 i 10 anys a la sala.

—Deixeu-los marxar —va demanar als atacants dissimulant la por.

—Si ets tan bo com deies a la tele, no els passarà res.

—Nosaltres lluitarem al teu costat, *sabumnim* —van dir els nanos.

—Tanqueu-vos als vàters del vestuari i truqueu a la policia cagant llets! —els va ordenar abans de llançar-se contra el grup d'agressors.

CAPÍTOL 55

La Diana sempre esperava a girar el primer revolt del pàrquing fins que es tanqués la porta. Feia anys que l'administrador de finques els deia de canviar-la però hi havia cinc veïns que anaven endarrerits amb les quotes i quatre pisos de gent gran que no tenien cotxe s'oposaven a gastar més. Així que feia anys que entrar al pàrquing era una loteria. Si la porta s'obria, com a mínim no havies de pagar zona blava del carrer com un idiota. Si un cop dins no es tancava, t'havies de penjar amb una barra de ferro per fer-la baixar amb el pes i que quedés ben tancada d'un cop.

Tot això, esclar, s'havia de combinar amb el temporitzador de la llum, que només durava dos minuts per estalviar.

Va ser així com va veure entrar els quatre encaputxats just quan la porta baixava.

Per la manera que es movien, no era cap broma dels companys de l'acadèmia ni eren lladres normals i corrents.

Anaven a buscar-la, ja fos com a dona, com a futura policia o com a sentinel.

I cap de les tres opcions li agradava.

Va provar el mòbil encara que sabia que allà mai hi havia senyal.

Tenia dos minuts.

Va baixar a la planta de baix com si res, esperant que els altres es prenguessin el seu temps.

Per sort, va veure una plaça buida on poder maniobrar i posar-se un altre cop de cara a la rampa.

Va treure l'esprai del moneder.

Mig minut.

Ja veia les ombres espiant-la des de la planta de dalt.

Havia de sortir perquè es confiessin.

Va obrir la porta del cotxe.

Ells van començar a baixar.

Va tancar la porta ben fort, perquè la sentissin.

Quinze segons.

Va començar a caminar cap a l'ascensor.

Els va sentir baixar.

Cinc segons.

Ella va passar per darrere d'una columna i no en va sortir.

Fosc.

—El llum! —van cridar.

Malgrat que hi havia punts de llums d'emergència, una altra de les seves queixes constants és que faltaven més interruptors per encendre el llum. A ella sempre l'agafava de camí cap a l'ascensor i ja es coneixia el pàrquing a les fosques.

Els desconeguts, no.

Van treure els seus mòbils per il·luminar les parets i les columnes buscant l'interruptor.

Els fars del cotxe els van enlluernar a tots.

Sense dubtar, ella va engegar el motor i va accelerar.

CAPÍTOL 56

Malgrat tractar-se d'una empresa enorme, el pàrquing de la tele estava limitat als cotxes dels directius, vehicles oficials i furgonetes de repartiment de materials. La resta dels mortals s'havia d'espavilar i trobar un pàrquing privat de 4 euros l'hora. Per això, a la barrera d'entrada només hi havia un vigilant i s'ho prenia amb calma.

Segons el grau d'alertes terroristes, els vigilants de l'empresa s'animaven més, esperant una oportunitat per demostrar la seva valentia, i alhora desitjaven que a ningú se li acudís atacar una cadena de tele, que per això hi havia els edificis oficials i els polítics ja ho tenien assumit.

Però el Jonathan pensava a la seva manera.

L'Olivares va frenar davant de la barrera i el directiu va saludar amb la mà.

—Senyor Olivares, quant de temps.

—Raül —va dir l'executiu, que se sabia de memòria el nom de tot el personal. Era una tàctica ben senzilla però la gent l'ajudava sense dubtar quan pensava que eren importants a la seva vida—. Em vaig… agafar uns dies. Assumptes personals.

—Tot bé?

—Molta calor, però no ens podem queixar.

—Hola —va dir el Jonathan assegut de copilot amb una camisa i americanes impecables que li donaven pinta d'empresari corrupte o de tertulià d'esports, que són dues opcions vitals que acostumen a anar juntes.

El vigilant anava a apujar la barrera quan es va aturar i va tornar cap al cotxe.

—Alerta —va murmurar el Jonathan.

I els dos Llops que anaven al maleter van preparar les seves pistoles.

—Fes que marxi o moriu tots dos —va suggerir-li a l'executiu.

—Escolti... ja sé que no és el moment, però...

—Sí? —va preguntar l'Olivares intentant no perdre les bones maneres.

—Vostè que té mà amb el comitè d'empresa... podria reclamar un altre cop l'aire condicionat i la bomba de calor? En aquesta garita o ens desfem de calor o ens pelem de fred. Jo no em queixaria si tots estiguéssim igual, però és que a la garita d'informatius sí que els ho van instal·lar l'any passat. Ja hem reclamat, eh, però com que vostè té poder...

—No pateixis, Raül.

Quan el cotxe va passar per sota la barrera, el Jonathan va respirar fondo.

Un cop dins, i amb l'Olivares acompanyant-los, arribarien fàcilment a la zona de platós i eliminarien els dos vigilants de la zona de control.

Després arribarien les furgonetes amb els presoners.

I començaria el xou.

CAPÍTOL 57

Quan el timbre del seu pis va sonar dos cops, el Toni va agafar un ganivet de ceràmica dels bons abans d'acostar-se al rebedor.

—Sóc jo, capullo! —va sentir que li deien des de l'escala.

Sentir aquella veu el va posar encara més nerviós. Tants cops havia pensat en ell amb ràbia, desitjant no veure'l mai més... I alhora tants cops havia pensat que li podria escriure un trist whatsapp per intentar arreglar-ho... Fins i tot gairebé s'havia posat a hiperventilar pensant com hauria de reaccionar si se'l trobava cara a cara pel carrer.

Però la situació el superava.

—Contrasenya!

—«Si vol viure, vingui amb mi»! —va dir el David imitant el Schwarzenegger de *Terminator 2*.

El friki es va acostar a l'espiell i va mirar en tots els angles.

—Allunya't de la porta un moment.

—Collons, que vinc sol i no hi ha ningú amagat.

—Això és el que diries si algú t'estigués amenaçant des de lluny amb una arma.

El presentador es va descordar el cinturó, va abaixar-se els pantalons i els calçotets i li va ensenyar tot a l'espiell.

—Si m'estiguessin apuntant amb una arma, faria això? Vols que em cagui a la teva catifa èlfica de «Digues amic i entra»?

—No et burlis de les Mines de Moria!

—Toni. M'ha passat la tonteria i a tu també t'hauria d'haver passat, encara que sempre has estat el més rabiós de tots dos. Molts dies t'hauria rebentat els ous a cops de peu però no deixaré que cap psicòpata ho faci. Passi el que passi, ens hi enfrontarem junts. Si obres el collons de porta ja.

El Toni va obrir els tres cadenats i va ajustar la porta per acabar de comprovar que el seu amic estigués sol.

—Obre, va, que em veurà el cul la veïna...

—Com si això et preocupés...

Un cop el David va ser a dins, el Toni va tancar tots els panys.

—Tranquil, els de seguretat han arribat fa deu minuts i estan inspeccionant tot l'edifici. Tres a l'entrada, un al replà de baix i un al de dalt. Tots de confiança.

—Porten pistola? —va preguntar l'exdirector de l'exprograma.

—Pel que em costen per hora, haurien de portar un tanc cada un. Però per a això són els diners. El Rodrigo n'ha enviat cinc més per als meus pares i dos per als teus.

—Per què els teus pares tenen tres segurates més que els meus?

—Perquè jo sóc l'estrella del programa! Si volen caçar algú, em buscaran a mi.

—Doncs a tu et veig la mar de bé, però la meitat dels altres no contesten.

—L'important és que la Diana està bé. I en una comissaria no s'atreviran a fer-li res.

—I si s'hi atreveixen? —va patir l'enamorat.

—No podran. Perquè ens els carregarem.

—David, tu t'has sentit? No sabem com és aquesta gent. Nosaltres treballàvem a la tele, no som de l'FBI. No som ni un fotut grup. Fa dos mesos que ens van tancar el programa i ni ens hem vist. Quan t'he trucat... No sabia si vindries —va somicar el Toni—. I el que és pitjor... no sabia si volia que vinguessis. Ens ho van prendre tot i ara volen rematar-nos.

—No, no. Ens van prendre el que pensàvem que era vital. Un programa, un nom, una fama... Però tenim el que sempre hem tingut: la nostra passió. Això és una oportunitat. És el nostre destí. És el que hem desitjat tota la vida. Tu i jo contra ells.

—Era més maco quan això era simplement una partida a dos al *Final fight* en les recreatives del saló.

—Llavors érem uns merdes. Recordes quan els quinquis esperaven que haguéssim posat les monedes per fer-nos fora i robar-nos la màquina?

—L'únic que ens consolava era pensar que moririen de sobredosi algun dia.

Tots dos van deixar escapar una rialla nerviosa.

—M'has d'acompanyar a la comissaria. Vull anar amb la Diana.

—És normal que ho vulguis. Per una tia que et fa cas... —va bromejar el presentador.

—Vull abraçar-la, protegir-la, defensar-la...

—Si s'ha carregat ella sola quatre bèsties. Ella és el cavaller i tu, la princesa.

—No m'agrada la violència. Però al pàrquing de la discoteca, qui va disparar la bengala i va aturar la furgoneta? Eh? No sóc un inútil però prefereixo lluitar amb el cap.

—Saps que hem d'anar a la tele.

—És una trampa. Ens espera i ens matarà. Puto Doctor Terror.

—És un psicòpata que lidera un grup de bèsties perilloses. No podem esperar que ens convidi a una fideuà.

—Un combat a mort menjant fideuà sí que em vindria de gust. Aquí sí que el podria guanyar… No… no vull morir. Em sap molt de greu pels ostatges, però… que hi vagi la policia.

—No són ostatges. Són els nostres amics.

—Amics som tu i jo. O ho érem. Ja no sé ni què som. L'amistat requereix temps, requereix vivències en comú. A aquesta gent els coneixem de fa quatre mesos.

—I els de *La comunitat de l'anell* què? Van lluitar junts i van derrotar el mal. M'has fotut el cap com un timbal sempre i ara tenim l'oportunitat de ser com ells.

—El problema és que tu ets l'Aragorn i jo sóc el Sam. I el Sam mai va ser l'heroi de res.

—El Sam és l'autèntic heroi, Toni. El nano normal que només vol una vida normal, però que per amistat i justícia acaba ajudant el seu amic Frodo a arribar al final. L'Aragorn pot lluitar molt bé, però sense el Sam que el portés, el Frodo mai hauria destruït l'anell.

—Ets un capullo.

—Ho sé. I sense tu, encara ho seria molt més.

Des del sofà, el Toni va mirar el seu amic, que li somreia com només somriuen els herois autèntics i els venedors de concessionari que s'emporten una bona comissió.

Darrere seu, va veure les parets de la seva pròpia casa. Unes parets que ja tenia tan vistes que ni s'hi fixava.

Plenes de pòsters de les pel·lícules de Batman i Spiderman, plenes d'exemplars signats en convencions americanes que per ell eren més tresor que qualsevol quadre de galeria d'art, prestatgeries plenes de ninos en postures heroiques, i vitrines plenes de rèpliques d'armes i ninos dins del seu blíster original, perquè a una certa edat es va adonar que quan s'obrien perdien valor.

El David li va seguir la mirada.

—Això és la casa d'algú que admira els herois. Però podria ser la casa d'un heroi.

—Si em maten, no la veuré mai més.

—Però segur que els teus pares la cuidaran amb orgull.

—Sí, esclar, però a mi no em servirà de res.

—Ho entenc.

El David se li va tirar al damunt i el va abraçar amb una força descomunal.

Era una abraçada sincera, sense cap trampa.

—Sé que tu em recordaràs.

—La policia ho resoldrà tot, David. Queda't. Tenim una vida molt llarga al davant.

—Tinc 40 anys i els he aprofitat molt bé. Podria haver-me estampat qualsevol nit conduint borratxo i haver matat algú sense voler. Si no surto viu d'aquest repte, com a mínim em quedarà una entrada de Viquipèdia molt xula.

Els dos ploraven quan es van abraçar per darrera vegada.

—Que la Força t'acompanyi —van dir alhora.

El Toni va tancar la porta i es va deixar relliscar fins a terra, plorant.

Havia estat un covard.

Però un covard que podria continuar sent-ho durant anys, amb una vida tranquil·la on ningú intentés matar-lo.

La Diana estava fora de perill i ell només s'havia de protegir dins del pis fins que acabés tot.

La porta era blindada i totes les finestres tenien alarma, encara que visqués en un quart i ningú es despenjaria des del terrat per entrar-hi. Era un paranoic de la seguretat, però quan tens un patrimoni important invertit en còmics i originals, s'ha de protegir bé.

Tornaria a activar l'alarma i ho seguiria tot des de la tele del menjador, com un home sensat i viu.

El timbre el va espantar.

Va intentar deixar de sanglotar quan allargava el braç des de terra per obrir la porta al seu amic.

—On t'has deixat el mòbil? —va dir amb el cansament d'haver repetit aquella pregunta milers de vegades en els últims anys.

Un fort cop de porta el va tirar a terra i el va fer picar de cara.

Després d'uns segons de desconcert, quan buscava al seu cervell l'insult més bèstia que se li acudís, unes mans implacables el van aixecar sobtadament estirant-lo pels cabells i pel braç dret.

El Toni va travessar mitja habitació per la nova empenta i va incrustar-se contra la primera de les vitrines del saló.

Va caure a terra, els vidres es van trencar en molts fragments i se li van clavar per cara i mans.

Per sort va poder tancar els ulls a temps.

Ja no el preocupava que les figures s'haguessin trencat o que els Màsters de l'Univers i les Tortugues Ninja que havia conservat des de petit s'haguessin barrejat en un caos horrorós per a un autèntic col·leccionista com ell.

El preocupaven les puntades de peu que li estaven rebentant les costelles.

Va mig girar el cap i va veure un homenàs amb aspecte militar que el treballava a consciència, sense cap discurs de dolent de sèrie B que expliqués plans o motivacions.

—Espera, espera —va gemegar—. Tinc diners.

Una coça de l'altre el va fer callar de cop.

El Toni va comprendre que si ell fos criminal esperaria que els altres li oferissin diners i abandonaria l'atac quan els tingués, però segur que la bèstia aquesta podia compaginar perfectament donar-li una pallissa i després robar-li tot el pis.

Es va intentar aixecar però una altra coça el va tornar a tirar damunt de la vitrina trencada.

Els seus dits van tocar un fragment de vidre trencat, prou gran per tallar-li el coll a l'altre.

Esclar que per això caldria poder-s'hi acostar i clavar-li sense que l'altre no es mogués ni un pèl. Això ja era una proesa en els dies del millor entrenament, però ara que ell estava mig moribund, no es veia amb cor ni de girar-se amb velocitat.

Va mirar les seves joguines i peces de col·lecció i va pensar que això és tot el que veuria abans de morir.

I que això hauria estat la seva existència: viure dins d'una caixa de plàstic una vida que des de fora semblava molt maca però on mai s'havia sentit lliure.

Tot el que quedaria d'ell serien un munt de programes de merda, novel·les a mig escriure perquè no es considerava ni prou digne ni prou talentós per acabar-les, i una morterada invertida en estúpides joguines de nen gran, com la rèplica de la pistola-garfi de Batman per la qual va pagar 3.000 euros a una ComicCon. Li havien assegurat que el garfi es disparava de veritat i que aguantaria el pes d'un home atlètic, però mai ho havia provat perquè ell i home atlètic havien estat conceptes ben oposats.

Però...

...es disparava de veritat.

I potser en el combat cos a cos era un merda, però després d'anys de recreatives, era ràpid amb les pistoles làser.

I aquí no havia d'introduir cap moneda.

—Espera, espera... —va tornar a dir, mentre agafava l'arma i es donava la volta—. Per què no te'n vas a la merda?

I va disparar.

El garfi va sortir volant i es va clavar a la gola de la bèstia.

La sang va començar a rajar i el mercenari es va mirar les mans que atrapaven el cable.

El cabró del gordo friki l'havia convertit en un peix caçat per un esquer.

El Toni va somriure ple d'emoció. Ara entenia per què havien descatalogat aquell model i les rèpliques noves valien 175 euros.

Amb aquell model es podia matar algú, si es tenia bona punteria o mala sort.

Mentre l'home s'ofegava en la seva pròpia sang i intentava escapar-se cap a la porta, el David va aparèixer a l'entrada.

—M'he deixat el mòbil...

CAPÍTOL 58

—Què carai és tot això? —va dir el David mentre intentava processar tot el Guernika en miniatura que tenia al davant.

El mercenari va intuir que la seva vida i fugida perillaven i va reaccionar traient una pistola que no havia considerat necessària amb el Toni.

Des de terra, l'heroi accidental encara estava commocionat perquè la seva idea desesperada havia funcionat.

El David va saludar la pistola amb una puntada de peu al braç del desconegut que va desviar el tret.

El soroll va despertar el Toni del seu xoc, per cridar:

—Té una pistola!

El David agafava a l'altre el braç amb l'arma, mentre intentava tombar-lo a cops de genoll.

—Ja ho veig, joder!

El mercenari va disparar dos cops més, molt a prop del cap del presentador, mentre la sang li seguia brollant sense parar de la ferida.

Tancant els ulls perquè no volia veure's com un criminal, el Toni va estirar del cable de la pistola-garfi, i va arrencar el ferro del coll al seu atacant.

La sang va brollar com la xocolata desfeta que t'oblides al foc encès.

L'home va caure de genolls, tapant-se el coll amb les dues mans.

—Com carai ha arribat aquest aquí? Espero que els segurates estiguin morts o molt malferits, perquè amb la pasta que em costen, no puc permetre aquestes cagades!!

—S'està morint! —va cridar el Toni hipnotitzat pel desconegut que es dessagnava.

—Millor ell que nosaltres.

—L'hem de salvar. No som assassins.

—Ell ens volia matar!

—Ja ho sé, collons! Qui creus que m'ha deixat com un cromo?

—I encara el vols salvar?

—No vull que un putu psicòpata es mori al saló de casa meva. No vull el seu fantasma rondant per aquí ni els seus amics psicòpates venint a venjar-se.

—Doncs porta tovalloles.

Van tapar-li la ferida del coll pressionant amb tovalloles mentre l'ambulància anava cap allà.

Quan el mercenari es va calmar una mica, el David va aprofitar el moment.

—Has vingut sol? O pujaran més bojos com tu? Digue'ns la veritat o et trec el tap i et buides aquí mateix, capullo.

L'home el va mirar amb una barreja d'odi i cansament. El Medrano els pagava bé, però ara que es veia ben a prop de l'altre barri, tampoc volia forçar les coses. La lleialtat no valia més que la seva vida.

Finalment, va negar amb el cap.

—No ve ningú més o has vingut sol? —va repetir el David repreguntant com a les seves millors entrevistes.

—So… sol… —va dir amb una veueta fina perquè no se li escapés més la vida per la boca.

—Tan poca cosa sóc que només en venia un? —es va enfadar el Toni.

—Home, de poc et mata, això ho has d'admetre.

—No sóc jo qui s'està dessagnant, eh.

L'home els mirava amb cara de circumstàncies, potser perquè no li arribava prou sang al cervell.

—Per què has vingut? —li van preguntar per aprofitar-lo.

L'home es va palpar la butxaca.

—Si treus una altra arma t'obro el coll amb els meus propis dits.

—Té forma de mòbil —va calmar el Toni.

Li van treure l'aparell i van fer servir el polze de l'home per desbloquejar-lo. I llavors van poder llegir els estranys moviments del cervell maligne que els volia esclafar la vida.

CAPÍTOL 59

El Toni mai havia pujat a un helicòpter ni de petit, quan la policia en feia demostracions al Saló de la Infància i en teoria no es té por de les altures. Prou pànic li feia viatjar en avió, i només ho havia fet acompanyat per amics diverses vegades a Londres i Nova York, que era on anaven els solters com ell, a veure teatre i comprar frikades sense pensar ni en família ni en hipoteques.

Però el David l'havia convençut:

—El Terror tindrà totes les entrades de la tele vigilades. Però ni ell podrà contractar tants mercenaris per cobrir-ho tot.

—I què vols? Que hi anem per les clavegueres com les Tortugues Ninja?

—Massa lent, massa brut i poc pràctic. A més, si tu no t'orientes ni al Corte Inglés.

—I com entrem als estudis? Perquè de teletransportador de *Star Trek* no en tinc cap a les vitrines.

—Recordes *Espanya des de l'aire*?

—Recordo que el guió era una merda i que et vas zumbar la presentadora.

—El pilot de l'helicòpter me'n deu una. La seva filla és fan de la Kate Perry i van entrar amb mi al *backstage* a saludar-la.

—I saltaràs des d'un helicòpter en marxa? No ets el Tom Cruise!

—No saltarem. Ens baixarà amb un cable.

—Ens baixarà? A tots dos? Ja t'he dit que jo no...

—Si et quedes sol un altre cop, vindran a buscar-te. Ja t'ho havia dit, que sabien on vivies. I no sempre tindràs tanta sort com ara. I tampoc saps conduir, així que has de venir amb mi.

—Tinc vertigen. I em marejo. Si em marejava pujant al Tibidabo per carretera, per força em marejaré en helicòpter.

—Doncs jo pensava que algun dia em portaries en helicòpter a veure la ciutat de nit. És molt romàntic —va dir la Diana des de la porta.

El Toni es va il·luminar sencer quan la va veure.

—Això sembla *La que se avecina*, amb tanta gent entrant i sortint —va dir el David, per no reconèixer que l'incomodava veure com els altres dos s'abraçaven.

—Estàs bé? —es van preguntar mútuament els enamorats.

—Tu primer —van contestar també tots dos alhora.

En David va fingir el vòmit sorollosament.

—Pensava que estaves a la comissaria ben protegida.

—Trobava a faltar els meus amics —va dir ella.

—Ara entenc per què t'has enamorat d'ell —va sentenciar el David—. No estàs bé del cap.

—Anem a derrotar la nostra nèmesi o ens quedem aquí fent un trio? —va agilitzar la noia.

Tots dos se la van mirar com un Follet Tortuga amb sang rajant-li del nas.

—Ni us ho penseu, porcs.

CAPÍTOL 60

El Doctor Terror va irrompre al plató d'un concurs de preguntes i respostes presentat pel típic gracioset simpàtic amb síndrome de Peter Pan.

—Atenció: pregunta —va dir el Jonathan com si li sortís de dins, però ho havia assajat durant tot el camí i fins i tot s'havia escrit respostes enginyoses per si l'altre s'hi tornava—. Què t'escalfa i pot explotar?

—Amics de realització, aquesta broma és molt divertida, però ja vinc rigut de casa —va dir a càmera el presentador. I després, mirant els nouvinguts va afegir—: Si aneu al *talent show* o al concurs de mascotes, us heu equivocat de plató.

Un cop de culata a la cara el va fer callar de cop.

El mateix Llop que li havia pegat va disparar al sostre i una pluja de vidres i guspires va caure quan va encertar un dels focus.

—No canvieu de canal, perquè us perdreu el programa del segle —va dir el Doctor Terror a càmera—. Senyors policies, no s'esverin. Portem armilles explosives activades per detonador. Qualsevol tipus d'intervenció farà volar pels aires tota aquesta gent —va dir assenyalant el públic de plató, que cridava commocionat mentre treia els mòbils per gravar-ho—. Aquesta nit no necessitem víctimes innocents. Només han de patir els suposats herois coneguts com a Sentinels. Si el seu líder s'atreveix voluntàriament a derrotar-me, el nostre conflicte tindrà un final televisiu com cal. Però per cada mitja hora que trigui a venir, un dels seus anirà morint. I parlo molt seriosament.

Amb un gest, un dels seus homes va acostar el Likatron a la taula del presentador.

—Amb quina mà agafes el ratolí de l'ordinador? —va preguntar el Jonathan.

—Això és un *epic fail*, no mola gens. 🙁

—Suposo que amb la dreta.

El Doctor Terror va agafar la destral que li allargava un dels seus homes i li va tallar la mà dreta d'un cop.

El *youtuber* es va posar a xisclar moments després d'entendre què li havia passat, quan una font sangonosa li va donar permís per posar-se histèric.

—Així no podràs penjar cap vídeo més i deixaràs els mitjans als professionals —va sentenciar el Medrano mentre feia onejar la destral ben feliç. Allò sí que era un gran debut per a la seva arma.

CAPÍTOL 61

L'helicòpter no el podien agafar a qualsevol cantonada com si fos un taxi. L'opció més ràpida era aprofitar el terrat del cinc estrelles més proper.

De camí cap allà, els seus telèfons no paraven de sonar.

—No contesteu. Que pateixin. Que s'inquietin. Com més nerviosos estiguin, més errors cometran —va dir el David.

—I si un error d'aquests és carregar-se un dels nostres? —va dir el Toni.

—Sempre tan positiu, amor —va dir la Diana.

—Quin tipus de malparit aprofita un moment així per trucar i demanar declaracions? —es va queixar el Toni veient el llistat de números que el trucaven a ell.

—Nosaltres ho hauríem fet. Ho vam fer a l'enterrament de la neboda ionqui del cantant transsexual —va confessar el David.

—Érem escòria i no ho sabíem.

—Sí que ho sabíeu. Sou massa llestos per no saber-ho. Per això us esteu vestint de justiciers i combateu el crim. Perquè vosaltres éreu el crim —va dir la noia.

—Escolta, tu saps els milions de persones grans, de gent deprimida, de gent sola, que s'obliden dels seus problemes gràcies al meu programa?

El Toni es va enfurismar en sentir el «meu» però aquell no era moment per a més reivindicacions.

—No et negaré que la tele ens ha donat molt bona vida. I ens ha donat molt mala vida, també —va dir el David—. Només nosaltres sabem la merda que hem hagut de menjar.

—M'encanta saber que us heu sacrificat tant per la humanitat.

—Sou ideals per fotre'm dels nervis, eh? —es va queixar el Toni—. Com podeu tenir neurones lliures per discutir? Les meves estan totes a punt de suïcidar-se d'angoixa.

—Tranquil, tinc una sorpresa per a tu que encara te les revolucionarà més —va somriure el seu amic.

El David va aparcar el seu tot terreny damunt de la vorera i va llançar les claus al porter uniformat que esperava a l'entrada com un membre de la guàrdia suïssa *low cost*.

—Nelson, si ens maten i no torno a buscar-lo, compartiu-lo tots els de l'hotel que em caieu bé.

—Li acabes de regalar un cotxe a un desconegut? —es va queixar el Toni.

—No és un desconegut. És el Nelson. Ell l'ha aparcat molts cops. O et penses que els rotllos d'una nit els porto a casa?

—A mi no m'has regalat mai cap cotxe.

—Perquè no tens carnet, capullo! I a ell tampoc li he regalat. Només si ens maten. No me'l puc emportar a la tomba, no sóc un faraó.

—Calmeu-vos una mica, colla d'histèrics —va dir una veu coneguda.

El Roca els esperava fumant amb calma camuflat al costat de la porta giratòria de l'hotel.

—Tu no agafaves un avió? —va preguntar la Diana.

—Heu seguit parlant, vosaltres dos? —va preguntar el Toni.

—Tenim un grup de Whatsapp, amor. El grup del qual vas marxar.

—No em podia concentrar amb tants missatges!

—Vau fer un grup sense mi? —va preguntar el David.

—No feia pinta que volguessis tornar-nos a veure... —va dir la noia.

—Esclar que no. Per culpa vostra la meva carrera se'n va anar a la merda. I mira que he presentat programes abominables. Però m'ho podríeu haver dit, per passar de vosaltres, com a mínim.

—Si ens haguéssim parlat, jo t'ho hauria gestionat. Com sempre —no va poder evitar dir el Toni—. Però com que estaves de morros...

—No comencem a tirar-nos merda, que avui hem d'estar units.

—Sigui com sigui, sort que no has agafat l'avió —va tallar la Diana.

—Els capullos de Vueling anaven amb retard. I a les pantalles de l'aeroport han connectat amb el nostre boig i la seva mania d'agafar ostatges.

—Has vingut a acomiadar-te o a lluitar? —va preguntar el Toni.

—No m'agrada dir adéu. I m'agrada trencar cares. Tu què creus?

—Doncs benvingut un altre cop als Sentinels —va dir el David allargant-li la mà.

—Espera, espera, guapet —va dir el Roca traient un paper arrugat de la butxaca i donant-lo al presentador.

Era un rebut del taxi.

—M'has dit que era urgent. Lluitaré al teu costat sense dubtar-ho, però els 27 euros del taxi me'ls pagues.

El David li va donar un bitllet de 50.

—Queda't el canvi.

—I una merda. No necessito propines.

El soroll d'un helicòpter els va fer anar per feina.

Van entrar cap als ascensors, mentre un dels conserges se li apropava amb una safata amb llaunes de begudes energètiques i fruits secs.

—He pensat que un petit refrigeri mai va malament, senyor Rey.

—Gràcies, Juli —va dir-li el David allargant-li un bitllet de 100—. Per a tu i els nanos, per les molèsties.

—És un honor servir-lo. I per cert, de part de tot l'equip de l'hotel, carregui's el Doctor Terror.

El presentador li va picar l'ullet i les portes de l'ascensor es van començar a tancar.

—Si vas donant bitllets de 100 amb aquesta alegria, potser sí que em quedaré el canvi —va dir el Roca.

—Per al taxi de tornada —va somriure l'altre.

Uns dits furtius es van colar entre les portes abans que es tanquessin del tot.

En comptes d'esperar que el sensor les tornés a obrir, el Demolidor les va separar ell mateix:

—Un moment, un moment! Que estava cagant!

CAPÍTOL 62

L'helicòpter estava aterrant en aquell moment i el soroll i la ventada van semblar-li al Toni molt més caòtiques que quan les veia en una pel·li de *Fast and furious*.

Els altres van sortir de l'ascensor i a mig camí de l'helicòpter es van adonar que ell encara era a dins, dubtant.

—Sense tu, mai serem els Sentinels —va cridar la Diana perquè el soroll no l'eclipsés.

—I els altres que estan d'ostatges què? Sense ells tampoc hi ha grup.

—Són uns inútils que s'han deixat atrapar —va sentenciar el Roca—. Ara nosaltres som l'última esperança.

—Així que ara tocar seguir el guió estil Hollywood, oi? Contra tota lògica. En comptes de passar-li la informació a la policia i confiar que se n'ocupin els professionals, anem a una trampa.

—Pots tenir tots els complexos que vulguis, perquè tots en tenim —va dir-li el David—. Però nosaltres també som professionals. Som els Sentinels i si els nostres amics estan en perill, som nosaltres qui els ha de rescatar.

—Junts ho aconseguirem —va dir la Diana—. Encara que soni a campanya de Greenpeace pel reciclatge. Junts som imbatibles.

El Toni els va mirar, mentre la seva memòria recuperava milers de moments icònics que havia llegit en còmics des de la seva joventut.

Després va rebufar.

—Potser mai més tindrem una oportunitat per sentir-nos tan vius. A més, narrativament em necessiteu, perquè se suposa que aquest és el moment en què ens reconciliem i aprenem a col·laborar junts, i la suma de les nostres particularitats, incloent-hi la meva gran saviesa estratègica, ens converteix en un grup cohesionat i ens ajuda a vèncer.

Tots se'l van quedar mirant.

—No em vinguis amb collonades d'universitari —va grunyir el Roca—. Entrem, els trenquem la cara i rescatem tothom.

—Home, també podem fer això, que és més ràpid i menys complicat —va riure la Diana.

I el Roca es va posar a riure, assenyalant el Toni.

—No saps com m'ha tocat els collons sempre que anessis tant de llest.

—Així que no sóc l'únic, eh? —va interrompre el David, mirant el seu amic.

—Però sé reconèixer quan algú és més llest i savi que jo —va continuar el Roca, mentre el Toni assentia—. I quan el trobem, farem una festa.

Tots van tornar a riure, fins i tot el Toni.

—Va, deixeu-vos de collonades, que té molt mal perdre —va dir el David, abraçant el seu amic—. Ho ha après de mi. Jo el seguiria a l'Infern.

—Seràs capullo. Si sóc jo qui et segueix a tu a una mort segura.

—Segura segura no. Perquè ara no només et tenim a tu pensant. Pensarem tots. L'única cosa bona d'haver-nos passat anys a la tele és que ens la coneixem de dalt a baix, planta a planta i passadís a passadís. I per molt que aquells psicòpates els amenacin amb armes, la meitat del nostre equip ja és allà, com cavalls de Troia.

CAPÍTOL 63

Un dels mercenaris va informar el Doctor Terror que el David estava trucant al telèfon del programa.

—Poseu-lo ben alt, que el senti tothom —va ordenar.

—Què passa, gent? Us han donat entrepà o us tenen segrestats sense educació? Que el concurs aquest a mi ja se'm fa pesat amb pica-pica i podent anar al lavabo —va relaxar el David, provocant algunes rialles nervioses entre el públic.

—Per tu és divertit que gent innocent estigui aquí patint?

—Home, Doctor Terror, la meva nèmesi marca blanca. Si tant et preocupen els teus ostatges, per què no els deixes anar?

—Quan t'hagis enfrontat a mi. Però la policia no pot intervenir.

—No pateixis, que la glòria la vull per a mi. Que els polis no saben vocalitzar bé i quan fan declaracions sonen molt avorrits. Però jo et derrotaré a tu i als teus amiguets sense perdre l'alegria. Per cert, estic a punt d'arribar a la garita de seguretat. Digues als teus homes que no em deixin com un colador, que llavors el duel se'n va a la merda.

—Tens la meva paraula.

—Home, comptant que ets un psicòpata segrestador… la teva paraula no és com la fe d'un notari.

—No tens cap altra opció. Estàs sol.

—Si m'ho poses així… haurem de jugar al teu joc —va dir el David abans de penjar.

El Doctor Terror va ordenar connectar amb les càmeres de vigilància de la garita de seguretat.

Diversos cotxes patrulla estaven apostats pel perímetre, amb els policies planificant com intervenir.

Llavors, deu camions de bombers amb les sirenes udolant es van sumar a la festa. Servien de comitiva al minibús dels Sentinels que va aturar-se davant de la porta.

Els mercenaris de la garita es van tapar les orelles per la tempesta acústica, fins que un d'ells va ordenar als altres dos que sortissin.

Cagant-se en tot i visiblement molestos pel soroll, van cridar que apaguessin les sirenes, però o els bombers no els van sentir o directament els van ignorar.

El conductor del minibús va obrir la porta i va baixar lentament, fent gestos heroics com si es tractés d'un president que retorna al seu país després de l'exili.

Els dos sicaris el van encanonar amb les seves armes.

Ell es va descordar a poc a poc el casc que li tapava tota la cara.

I aprofitant un moment en què els dos mercenaris intercanviaven mirades, al més proper li va clavar una coça a l'entrecuix i un cop de genoll a la cara quan es doblegava pel cop.

L'altre, esclar, el va atonyinar de valent a cops de culata.

El casc va sortir disparat.

El conductor es va arrossegar sota del minibús per recollir-lo.

El mercenari el va estirar de les cames i el sentinel va aparèixer amb un ferro a la mà, que no va dubtar a fer servir contra el cap de l'altre.

Quan es va aixecar després de comprovar que el seu enemic ja no es movia, el tercer mercenari sortia de la garita per apuntar-lo amb la seva arma.

I tres raigs d'aigua de les mànegues dels bombers el van tirar a terra de cop.

El sentinel va buscar la càmera de seguretat, que li va poder captar la cara.

I llavors el Guillem va pensar que la millor manera de desconcertar els seus enemics era abaixar-se els pantalons i ensenyar el cul a càmera.

CAPÍTOL 64

El David havia entrat pel terrat de l'edifici, igual que el Toni, la Diana i el Roca. Aprofitant el caos de les sirenes que el Guillem s'encarregava d'organitzar amb els seus companys bombers, l'arribada de l'helicòpter havia passat força desapercebuda per a uns mercenaris que es veien sobrepassats per la gran superfície a cobrir i les desenes d'ostatges i forces de la llei a què s'havien d'enfrontar.

La baixada amb l'arnès amb cable de l'helicòpter havia fet patir el Toni, però no gaire més del que el feia patir tota la situació en general.

Si més no, l'havia calmat tocar amb els peus el terrat de l'edifici, perquè quan l'helicòpter s'acostava a la tele no havia parat d'imaginar que algun boig els faria caure amb un bazuca.

—Tranquil, aquí no ens veurà ningú —li va dir el David.

Després de temps buscant un indret segur per fer les trucades compromeses que cap directiu havia de sentir, el presentador havia descobert la sortida d'emergència que donava a un dels terrats de la tele.

Aquell lloc s'havia anat convertint en la seva particular Fortalesa de la Solitud, un bosc d'asfalt i antenes on perdre's quan no volia que ningú el fotés dels nervis.

Gràcies a això sabia que pocs treballadors de l'edifici coneixien la sortida d'aquell terrat, ni els diversos conductes de ventilació que conduïen allà.

—No et voldràs fotre per aquí, oi? No som ni Bruce Willis a *La jungla de cristal* ni els marines d'*Aliens*.

—Jo no. A mi m'esperen. O si més no, m'esperen fins que descobreixin que el Guillem no sóc jo. Però vosaltres...

—Sí home! —es va queixar el Toni—. Saps que tinc claustrofòbia.

—No et quedaràs encallat, amor —el va consolar la Diana.

—No ho sabem això, vida meva. He vingut a lluitar i lluitaré. A la meva manera, segons el meu pla. Però no em vull quedar atrapat en un fotut conducte ple de bacteris i espores mortals i que a sobre una bala perduda vagi cap amunt i em perfori un pulmó i acabi com el típic pare de família que es vesteix de Pare Noel per donar una sorpresa i es fot per la llar de foc i cau i es trenca el coll i queda allà mort fins que els seus fills senten l'olor de podrit.

—Com pots tenir tantes paraules dins? —va escopir el Roca.

—Mira allà! —va assenyalar el David.

En comptes de mirar el dit, el Toni va mirar la lluna.

I la melodia del *Batman* de Danny Elfman va començar a sonar a través del mòbil del David.

El Toni va somriure per força, amb els pèls del clatell aixecant-se-li com llances d'un exèrcit quan la cavalleria se li tira al damunt.

—La lluna sembla un gran batsenyal. I no estem damunt d'una gàrgola, però contemplem la ciutat de nit. I la ciutat sap que nosaltres la protegim. Nen, això dels Sentinels potser ha començat com la crisi dels quaranta, però em sento més viu que mai!!

El Toni se li va tirar al damunt i el va abraçar amb la potència d'un ós caníbal.

—T'estimo, capullo. Lluitaré al teu costat com he fet tota la vida. Però a mi no em fots per un conducte d'aire. Jo penso baixar per l'escala i seguir amb el pla.

El David li va colpejar l'esquena com si s'hagués empassat mig entrecot i s'estigués ofegant.

—T'enyorava, imbècil. I baixem com vulguis, però anem ja a vestuari. Amb aquestes pintes no impressionem una merda...

Amb tota la precaució possible i esquivant les càmeres de seguretat dels passadissos, encara que no els calia gràcies a la distracció del Guillem, van arribar fins al magatzem de vestuari.

Una de les coses més humiliants del tancament del programa és que els havien pres tots els uniformes i l'equipament abans que ells tornessin al plató-caserna, per si a algun d'ells li passava pel cap endur-se el material a casa o revendre'l en alguna subhasta a internet.

La tele potser no ho tornaria a fer servir mai més, però si la tele ho havia pagat, la tele s'ho quedava.

Tanmateix, l'únic positiu de tot l'assumpte és que no havien hagut d'anar carregats a l'operació rescat i ara tenien tot el magatzem ple d'uniformes i armes gratis per a ells.

CAPÍTOL 65

Per arribar fins al plató es van sentir com en un videojoc de Capcom dels noranta.

A cada passadís hi havien trobat un parell de mercenaris armats que no respectaven ni l'honor en el combat ni els torns d'atac d'un en un.

El Toni confiava en el factor sorpresa i en la rauxa del Demolidor, que estava pletòric i fins i tot n'havia estabornit un saltant pel forat de l'escala i caient-li al damunt amb tot el seu pes i amb les botes reforçades.

Però just davant de l'entrada del plató, en van trobar quatre que confiaven disparar totes les bales per no deixar-los fer ni un pas.

El David va llançar un parell de bombes de llum, que els van encegar prou perquè el boxejador descarregués tota la seva fúria sobre el que tenia més a prop.

Potser perquè seguien sense veure-hi o perquè no havien reforçat els lligams entre ells en seminaris de cap de setmana per a exmilitars sense escrúpols, els altres tres van disparar a boca de canó contra els Sentinels, i de pas van encertar el seu company.

El Roca va fer girar el seu rival, atrapant-lo pel coll i utilitzant-lo d'escut mentre reculaven.

El mercenari va apuntar l'arma cap enrere, per volar-li mig cervell, però el boxejador va apartar-li la mà d'un cop i li va subjectar el braç mentre l'altre seguia disparant.

Els altres tres sicaris es van tirar a terra mentre responien amb més trets.

—Crec que n'hem tocat un —va celebrar el Roca.

—Ja ho mirarem més tard! Corre! —va cridar la Diana.

Els herois van fugir corrent pel passadís, mentre les bales es carregaven fluorescents, vidres i pòsters emmarcats de gentussa ben vestida que treballaven com a presentadors per pagar-se els vicis.

El David va llançar enrere dues bombes de fum, que els van afegir un temps extra a la fabulosa aventura de sobreviure.

D'entre la boira fosca van sorgir dues figures armades com Terminators imparables en un tren de la bruixa.

—Només en queden dos! Ets una màquina, Mike Roca —va celebrar el Demolidor.

Més ràfegues de metralladora els van obligar a dividir-se i refugiar-se darrere d'uns armaris del passadís i d'una fotocopiadora que hi havia a l'altra banda.

De poc els servien els punys del Roca o les claus del Demolidor si no els podien posar la mà al damunt. I a més, a diferència dels sicaris anònims i massius de les pel·lícules, aquests tenien iniciativa i eren capaços d'avançar mentre disparaven.

—Odio les tradicions! Per què ells tenen armes de foc i nosaltres no? —va rondinar el David.

—Un heroi mai mata —va rugir el Demolidor.

—M'he quedat sense bombes de llum —va dir el presentador—. Només em queden dues bombes de fum i en un passadís no serviran de res.

—I el meu escut no podrà protegir-nos a tots —va dir la Diana.

—Digueu-me que queden bengales al maletí de la pistola! —va suplicar el Toni.

—Des d'aquí no tens angle. I són dos —va animar-lo el Roca mentre el director obria una motxilla plena d'andròmines, en treia el maletí i descobria una única i última bengala.

—Calleu, collons, que així no em puc concentrar!

—Si es posen en línia i els travesses alhora, entres al *hall of fame* mundial de tots els *arcades* —va dir-li la Diana.

Els dos mercenaris se seguien acostant, destrossant la fotocopiadora i les parets.

El Toni va mirar a tot arreu buscant una salvació d'últim moment i la va trobar en forma d'extintor.

—El Guillem ja s'ha sacrificat per l'equip, però l'honrarem —va dir, allargant la mà per agafar la solució vermella.

Dos trets que van fer saltar fragments de paret li van fer amagar la mà de seguida.

—Deixa'm a mi, que no ets l'únic que pensa —va cridar el Demolidor.

El lluitador va obrir una de les caixes plenes de paquets de DIN A4 que descansaven al costat de la fotocopiadora i en va fer servir un per empènyer l'extintor des del terra.

Però les bales van destrossar el gruix de paper abans que aconseguissin despenjar l'aparell.

—Deixa't de distraccions amb l'extintor i dispara ja, que els tenim al damunt —cridava el David.

El Demolidor va mirar als ulls el Toni.

—Director, confio en tu. Tu confies en mi?

—Ara mateix no estic segur de res.

—Et prometo que em carregaré el primer sense moure'm d'aquí, però perdrem la nostra barricada. No pots fallar amb el segon. No pots. Per tots nosaltres. Pels companys que ens esperen indefensos. Pel nostre públic. Tu pots.

—M'encantaria tenir la teva confiança —va sospirar el Toni.

—La meva màscara és una càrrega i una benedicció. Però d'això en parlem després. Ara segueix-me i carrega't el segon.

—No ho podem planificar una mica més? Tu què faràs?

—El que feien l'Último Guerrero i el Hulk Hogan al ring: màgia!

—Qui? —va preguntar la Diana en veu baixa.

—Ets massa jove —va sospirar el Toni.

El Demolidor va arrencar l'endoll que lligava la fotocopiadora a la paret.

—Ara! —va cridar.

I després va començar a caminar empenyent la màquina contra els mercenaris.

Els dos sicaris van disparar contra la fotocopiadora amb ganes de destrossar-la completament, sabent que tenien més carregadors i que els altres estaven acorralats.

Llavors el Demolidor va agafar un dels paquets de DIN A4 i el va llençar amb totes les seves forces com un discòbol desesperat.

El paquet va encertar al cap el primer mercenari, que va caure enrere pel cop i per la sorpresa.

—Ara! Ara! —va cridar el lluitador, veient que el Toni s'havia quedat parat per l'atac improvisat.

El director va disparar la bengala que va impactar contra el pit i els braços del segon sicari, que va començar a udolar mig cec.

Sense deixar-los recuperar-se, el Demolidor va saltar contra ells i els va noquejar fent-los caure a terra de cap.

—Bona nit i justícia! —va cridar victoriós.

—Un paquet de folis. Collons. I jo que pensava que a la presó ja ho havia vist tot —va murmurar el boxejador.

—El moment més èpic del programa i no s'haurà emès per la tele —es va lamentar el David.

CAPÍTOL 66

L'alarma d'incendis va alertar els dos sicaris que vigilaven la sala de control. Amb un castellà rudimentari i agrest, però amb una mala llet que aconseguia que tothom l'entengués més que en una prova de *listening* en un examen del First, un d'ells va amenaçar la gent de la sala perquè no intentessin fer cap tonteria.

Després va apuntar l'arma cap a la porta mentre el seu company l'obria amb cauta distància, protegit per la paret.

La porta va viure el seu moment estel·lar obrint-se mig metre cap enfora i deixant entreveure un passadís plujós gràcies als aspersors de seguretat.

Amb gestos militars muts, un d'ells va decidir avançar cap al passadís mentre l'altre el cobria.

Quan va ser fora, va veure que la porta se li tancava al damunt i que una ombra bestial saltava contra ell.

El mercenari de dins va disparar sense pietat, mentre els tècnics es protegien sota les cadires.

Després d'un moment de silenci, la porta es va obrir de nou, empesa pel cos caigut de l'altre mercenari.

Mentre el sicari recarregava l'arma, l'Olivares va agafar un dels portàtils de la sala i li va estampar contra el crani.

Quan l'altre es va girar per intentar defensar-se disparant, un nou cop li va trencar el nas.

—En aquesta sala mano jo, collons! —va xisclar, escopint tota la ràbia de víctima i supervivent continguda durant setmanes.

L'executiu va seguir colpejant l'enemic amb la mateixa fredor amb què es carregava programes i carreres.

Fins que un tret a l'estómac el va fer parar i allunyar-se del mercenari.

Mentre queia a terra i la valentia li marxava com la sang, va veure entrar per la porta el Demolidor i el Toni.

CAPÍTOL 67

Dues bombes de fum van esclatar per sorpresa enmig del plató.

—Has vingut —va dir el Doctor Terror, quan el David va aparèixer amb una majestuositat de mag professional que cada cop li sortia millor, i el seu uniforme lluent d'heroi.

I amb capa.

—Avui no hi havia Barça i tenia el vespre lliure.

—Tanta sang freda tens, que pots bromejar amb els teus amics aquí davant? —va dir el psicòpata, assenyalant la resta de Sentinels lligats, emmordassats, colpejats i amb armilles explosives que els miraven entre espantats i esperançats.

—Què prefereixes, Terror? Que et demani que els alliberis? Ets un psicòpata i amb els psicòpates no es negocia. Se'ls trenca la cara.

—Vols que ens barallem cos a cos? Com animals primitius?

—Treballo a la tele, nen. Aquí som primitius!

El David es va llançar contra el Doctor Terror, però un parell de mercenaris el van interceptar, esclafant-lo contra la taula del presentador.

—Pensava que això seria entre tu i jo —es va queixar.

—A tu t'han entrenat en diverses modalitats de combat. I ells s'han fet durs a base de guerres i violència. No veig per què m'haig d'embrutar jo les mans.

—Com vulguis. Contractar exmilitars despietats diu molt sobre el teu bon cor i això no hi ha campanya nadalenca de recollida de joguines que ho arregli. Però me la porta bastant fluixa. Perquè jo també he portat amiguets —va murmurar el David. I després va cridar amb totes les seves forces cap al públic—: Tothom a terra!!!

De sobte, el plató es va quedar a les fosques.

—Què passa? —va cridar el Doctor Terror.

Una tempesta de crits i cops va envoltar-los en *dolby surround*.

Les ràfegues de metralladora van esquinçar la foscor i van desencadenar encara més crits i caos.

Cada petita espurna mortal deixava veure cossos xocant i lluitant amb cops secs i desesperats.

Soldats rabiosos acostumats durant anys a crims sense remordiments contra insensats bondadosos amb només mesos d'entrenament.

Una petita franquícia de l'Eterna Lluita del Bé contra el Mal.

Ningú parlava, ningú deia frases lapidàries d'enginy forçat, ni cap coreografia assajada ho convertia en un ballet espectacular.

Només se sentien respiracions animals i moviments maldestres d'oponents que sabien que s'ho jugaven tot i que no hi hauria segona presa si l'escena no sortia bé a la primera.

—Que algú em digui què està passant! —xisclava el Doctor Terror girant-se en totes direccions amb la destral ben agafada.

—Controlat! —va cridar per fi el Roca.

—Controlat! —va cridar la Diana després d'uns moments de silenci tens.

—Un moment, que aquest és una màquina i no el tombo —va cridar el Demolidor, mentre estrangulava amb una clau el mercenari que l'anava encastant contra les càmeres trincades als trípodes.

—Sentinels, en formació! —va cridar el David—. Ajudeu el nostre campió!

El seu esforç combinat va acabar amb el mercenari que encara se'ls resistia.

—No sé què carai s'havia fotut, aquest. Estava posseït pel mal —va dir el Demolidor.

—Diana? —va preguntar el presentador.

—Els tinc amb mi —va contestar-li misteriosament.

—Fase 2 completada! —va dir el David.

I des de la solitud de la sala de control, perquè els tècnics havien marxat amb l'Olivares per evacuar-lo de l'edifici, el Toni va fer encendre els llums de plató.

El Doctor Terror es va tapar els ulls, enlluernat.

Quan va recuperar la visió, es va trobar sol davant de desenes de mirades d'odi.

Els seus ostatges havien desaparegut.

Els seus homes estaven a terra, abatuts, com en un matí d'Any Nou amb el menjador ple de borratxos al sofà i els plats sense recollir.

I tots els Sentinels, inclosos els que fins feia res servien d'ostatges, estaven davant d'ell, en formació, preparats per carregar-se'l.

—Les ulleres de visió nocturna van costar una pasta. Als directius els encantarà que les hàgim amortitzat —va dir el Toni pels altaveus del plató. Ja que s'havia salvat de les baralles cos a cos, com a mínim hi volia contribuir amb alguna frase lapidària estil Iron Man.

—I ara, quedem tu i jo —va dir el David escopint sang.

—Encara tinc el detonador. Si us acosteu, volarem tots pels aires.

—No necessito acostar-me a tu per ensorrar-te. Has vingut al meu món, i lluitarem amb les meves armes. Mira!

El presentador va assenyalar la pantalla gegant que ocupava mig decorat.

Allà van aparèixer les fotos del David i del Doctor Terror i dos números de telèfon.

El David va mirar a càmera:

—Vosaltres, el públic, sempre teniu el poder! Ens heu vist esforçar-nos durant mesos per convertir-nos en millors persones. Ens heu vist ajudar molta gent, però també ens heu vist barallar-nos, equivocar-nos, fer mal sense voler. Hem creat un monstre, però vosaltres el podeu derrotar. Envieu els vostres missatges per votar el vostre guanyador. Teniu un minut. Si guanyo jo, el Doctor Terror es rendirà i acceptarà pagar pels seus crims a la presó. Si guanya ell, deixaré que m'extermini aquí i en directe.

La seva nèmesi va començar a suar.

—Així no era com havia de passar. Tu t'havies de barallar amb els meus homes i després tu i jo havíem de lluitar i jo t'eliminava. Havia de ser èpic.

—I ho està sent. Mira el marcador.

Els números avançaven amb més rapidesa que en una telemarató.

Tots dos van empassar saliva.

—Et mataré —va dir el Jonathan per no deixar espai al silenci.

—Només si ells ho volen.

El marcador va brillar tres vegades fins que les xifres van quedar-se quietes i definitives.

Un 87% defensava el David.

—Has fet trampa! Ho heu manipulat des de realització. Els teus amics t'han ajudat. No pot ser! El país està amb mi perquè ells són com jo. Jo dic les veritats que ningú s'atreveix a dir.

—Reconeix-ho. El públic no s'equivoca mai. La gent t'odia. La teva croada no té cap sentit.

—Però jo... jo només...

—Mira'ls —va dir assenyalant el personal de plató i el públic retingut a les grades—. Tots et tenen por. Ningú és capaç de mirar-te als ulls. Tu tenies raó sobre nosaltres, no som professionals i al final hem estat un perill públic. Però tu no ets la solució. Tu ets l'amenaça. I mentre hi hagi gent com tu, haurem d'existir els Sentinels.

Encara que atemorits, alguns espectadors del plató van aplaudir.

I milions de persones des de casa seva ho van fer lliurement.

—Sents això, Terror? Mai t'estimaran. Sempre seràs l'enemic. No et pots passar la vida amenaçant els innocents. Mai tornaràs a viure tranquil. Sempre pensant que qualsevol dels teus homes et trairà en el moment menys pensat. Sempre pensant que la policia et perseguirà per molt que fugis. Perquè amb una amenaça de bomba ja no ets un Lex Luthor carismàtic. Ets un terrorista que la llei no pararà de perseguir. I ningú recorda els terroristes. Els més bèsties de tots, els que es van carregar les Torres Bessones, saps com es deien? Ni idea, oi? I nosaltres tampoc ho recordem. I no es pot fer una salvatjada més gran i més mediàtica que aquella barbaritat, però 15 anys després, ja ets fum. Tu volies esborrar-nos, però després d'això d'avui, gràcies a tu som més forts, gràcies a tu serem immortals. I a tu no et recordarà mai ningú! —va sentenciar.

El Jonathan va deixar el detonador damunt de la taula del presentador.

Necessitava les dues mans per treure's el casc.

I amenaçar amb la bomba ja no li semblava tan bona idea.

—Però si jo només sóc un actor. Tot això només era per fer pujar l'audiència. Va ser un accident. Els nanos aquells se'm van tirar al damunt. Els Nous Sentinels… Eren bojos. Eren ells o jo. No em recordes del càsting, David? Es va parlar molt de mi a la primera gala. Deien que vaig ser la revelació de la nit —va cridar amb llàgrimes als ulls—. Sóc el Jonathan Medrano!

—No. No ets ningú.

El casc del Doctor Terror va caure a terra, inútil com els papers d'embolicar joguines després de la nit de Reis.

—I mai ho seràs. Talleu l'emissió.

—No, no es pot acabar així. No hi ha espectacle!! Hem de donar espectacle!!

El boig va tornar a aixecar el detonador:

—Deixeu-me marxar o morirem tots.

El David va mirar la Diana, el Demolidor i el Roca.

Ells li van somriure.

Llavors el presentador va treure el mòbil de l'atacant del pis del Toni:

—Quan amenacis amb armilles bomba, no escriguis whatsapps on digui que són falses, capullo —i davant la cara pàl·lida del seu enemic, el David va cridar amb la seva millor veu televisiva, la que enamorava adolescents i jubilades—: Sentinels a l'atac!

I tots els membres de l'equip van envoltar el Jonathan i el van colpejar alhora, amb una potència sincronitzada que el va llançar contra la pantalla gegant del plató, que va esquerdar amb el cap abans de caure envoltat de guspires.

—Bona nit i justícia! —va cridar el Demolidor.

I el públic va aplaudir com si els hagués tocat la loteria.

Per un moment, els seus anys com a director van impulsar el Toni a utilitzar el micròfon que connectava amb plató i deixar anar algun discurs sobre la importància d'haver treballat en grup, d'haver anteposat la generositat i la valentia a la por i l'egoisme, d'haver desterrat les tenebres a cops.

Però això era el que haurien fet en un *reality*.

I ells ja no eren un concurs de tele, ells eren una realitat. I no necessitaven aquella merda.

—La veritat és que aquest sí que era un final millor —va dir-se per ell mateix el Toni, des del control de realització.

I després va pensar que volia unir-se als seus amics per abraçar-los ben fort.

Sobretot la Diana.

Va prémer el botó de crèdits i va sortir de la sala per reunir-se amb ells.

FI

AGRAÏMENTS

Com aconsellen els advocats i les pel·lícules basades en fets reals, començaré dient que aquesta és una obra de ficció i qualsevol semblança amb la realitat és pura coincidència, menys quan no ho és (com les referències a programes i presentadors de televisió).

El món i la gent que hi surten retratats s'assemblen molt al nostre, però no és més que una exageració. Per exemple, a la vida real, podem trobar *youtubers* que caiguin bé o algun concursant de *Gran Hermano* que sàpiga llegir.

Tots els personatges són inventats però alguns tenen un cert eco de persones reals, a qui he volgut retre homenatge a la novel·la. Com l'Eliana Guerrero, que patrulla pel metro de Barcelona alertant del perill dels carteristes, l'actor Alberto Jo Lee, l'humorista i lluitador de *wrestling* Lo Perico Emmascarat (i el seu alter ego Santi Puche), la *cosplayer* Florencia Sofen, o el directiu de televisió Maurizio Carlotti…

Un altre dels homenatges implícits és per a un dels meus guionistes més admirats, el Mark Millar. La seva visió de combinar humor i superherois en un món real amb problemes i misèries de la gent normal de carrer va originar que tingués ganes de comprovar si això funcionaria en novel·la.

Aquesta és la meva obra més feminista. La Letícia Dolera i la Mireia Giró Costa, amigues directores-guionistes plenes de talent, em van saber ensenyar a mirar el món i les desigualtats i injustícies de gènere amb un estil desenfadat i proper, i espero que quedin ben orgulloses dels personatges femenins.

L'amic, escriptor i mosso d'esquadra Marc Pastor m'ha assessorat en tot l'apartat policial, legal i realista, sobre la possible existència d'un programa com *Sentinels* i les conseqüències jurídiques i penals que tindria a la vida real. Si alguna cosa s'allunya de la realitat però queda versemblant és cosa meva, perquè aquesta és una obra de ficció i no un manual de dret.

L'empenta i visibilitat d'un premi com el Joaquim Ruyra potser ha fet que et fixessis en aquesta novel·la. Les cinc primeres persones que s'hi van fixar són el jurat que la va premiar per unanimitat. Gràcies, doncs, al llibreter de La Calders Abel Cutillas i als escriptors Laia Fàbregas, Lluís Llort, Gabi Martínez i Care Santos, tots autors de reconeguda i premiada trajectòria, per confiar en la meva obra.

Gràcies al Jordi Cuixart i a tot l'equip d'Òmnium Cultural per mantenir vius uns premis tan emblemàtics i necessaris com els de la Nit de les Lletres Catalanes.

Gràcies també a Blue Jeans, Dani Mateo i Cels Piñol (a més de Leticia i Care, que estan "repes" en aquestes pàgines) per recomanar la novel·la amb les seves frases lluminoses. Si un 10% dels vostres fans s'anima a llegir *Sentinels*, els meus editors i milers de llibreters, a més de la meva família i jo mateix, donarem salts d'alegria en pla Spiderman amb Redbull.

Aprofito també per aplaudir els meus lectors més fidels. Ara que es compleix el desè aniversari de la publicació de la meva primera novel·la, m'encanta comprovar que sou legió, cada vegada més en més països, que doneu suport a la meva obra gaudint-la, comprant-la, recomanant-la, regalant-la, omplint llibreries i auditoris en presentacions (o omplint cadires amb el jersei quan ve poca gent, que d'aquestes també hi ha hagut unes quantes), retuitejant el meu spam o simplement donant-li al «M'agrada» a Facebook.

També he tingut la sort de tenir al meu costat l'Helena Pons, una gran amiga i lectora que s'ha convertit en l'editora visionària i apassionada que amb el seu llaç de Wonder Woman ha sabut extreure més veritat i puresa a l'original.

I per descomptat, gràcies a la meva família. La Natàlia i l'Iris eren la millor companyia possible fora de l'ordinador, i pares, sogres i germana eren els millors cangurs de la nena per deixar-me estona per acabar la novel·la. Cada llibre representa un nou repte per a un escriptor, començar de nou sense xarxa de seguretat, però us asseguro que s'han de tenir moltes ganes d'explicar una història per acabar escrivint-la amb una nena petita que encara no anava a l'escola bressol, obres al pis de sota i sense fer vacances, mentre tothom omplia el Facebook de fotos a la platja i a Nova York.

Tots ells són els meus Sentinels particulars, que m'han ajudat a defensar el ritme, l'humor i la mala llet d'aquesta obra trepidant que espero que us aparti unes hores de la tele i us emocioni més que la típica gala final de *talent show*.

Bona nit i justícia!

Un llibre, igual que una pel·lícula, també té un *Making of*, encara que els lectors gairebé mai el poden veure. Però, amb *Sentinels* fem una excepció...

A continuació, podràs veure algunes de les cobertes que va fer el nostre dissenyador per anar des d'aquesta idea esbojarrada al llibre que tens a la mans.

SENTINELS
JOAN ANTONI MARTÍN PIÑOL

PREMI
JOAQUIM RUYRA
2016
SENTINELS
MARTÍN PIÑOL

PREMI JOAQUIM RUYRA 2016
SENTINELS
MARTÍN PIÑOL
UN GRAN PODER
COMPORTA UN GRAN SHARE

PREMI JOAQUIM RUYRA 2016
SENTINELS
MARTÍN PIÑOL
UN GRAN PODER
COMPORTA UN GRAN SHARE

L'AUTOR

© NATÀLIA REGÀS

Lector i col·leccionista incansable de còmics des de petit, Joan Antoni Martín Piñol (Barcelona, 1979) és un fan total de l'Spiderman i del Batman. Però com que lluitar contra el crim li fa una certa por, ha triat una manera més còmoda de protegir el planeta: escriure llibres divertits i apassionants que ajudin a suportar la vida fins que arribeu a la majoria d'edat i us deslliureu de les classes obligatòries.

Llicenciat en Comunicació Audiovisual per l'UPF, s'ha convertit en un dels nous referents de la literatura infantil i juvenil d'aquest país, amb 25 llibres publicats.

Autor, entre altres obres, d'*El gran tractat de la caca*, la sèrie *Dragon Girl* (La Galera) i *Caçadors d'acudits* (La Galera), va rebre el premi Ramon Muntaner per una altra novel·la de superherois (*Pizzaboy*). La seva sèrie d'humor i zombis per a nens *La cocina de los monstruos* s'ha publicat també a la Xina, el Brasil, Mèxic, Argentina i Portugal, i se'n preparen les adaptacions audiovisual i teatral.

Com a guionista, ha treballat sobretot a televisió, en sèries d'èxit (*Gran Nord* i *El cor de la ciutat*) i programes emblemàtics (*Club Super3, Saber y ganar, Noche sin tregua*…).

A més, és columnista d'*El País* i també ha fet d'humorista de Paramount Comedy, de codirector i presentador del programa *In Situ* (TV3), de col·laborador en un munt d'emissores (Catalunya Ràdio, RAC1, Los 40 Principales…) i de professor del Màster en Comunicació, Periodisme i Humanitats de la UAB, del Taller de Guionistas i de la Fundació Autor/Sgae.

El podeu seguir a:
@martinpinol
facebook.com/martinpinolfan
instagram.com/martinpinol
www.martinpinol.com

Si vols que el Martín Piñol arribi a milionari, pots gastar-te la pasta en altres llibres seus, per llegir-los, regalar-los o enterrar-los en un test. O si simplement tens més ganes d'humor piñolesc...

MARTÍN PIÑOL
CAÇADORS D'ACUDITS
IL·LUSTRACIONS D'ÒSCAR JULVE
UN ACUDIT PER A CADA DIA DE L'ANY

MARTÍN PIÑOL * VOTRIC
DRAGON girl
UN SANT JORDI BESTIAL

F. Scott Fitzgerald
va dir una vegada: «Mostra'm
un heroi i t'escriuré una tragèdia».
Per sort, això ho ha escrit en
Martín Piñol i, per tant,
és una comèdia.